AF287181

MERDÜMGİRİZ

NEMESİS KİTAP / Kişisel Gelişim

Yayın Numarası 558

Merdümgiriz   Aşkım Kapışmak

Yayın Koordinatörü	Melih Günaydın
Editör	Serap Çakır
İlk Okuma	Kenan Bahadır Derre
Son Okuma	Merve Mumcu
Kapak Tasarım	Cem Özcan
Sayfa Düzeni	Hüseyin Aktürk

ISBN: 978-625-7359-15-3

20. Baskı: Mayıs 2021

(Her Baskı 1.000 Adet)

NEMESİS KİTAP
Gümüşsuyu Mah. Osmanlı Sok. Osmanlı İş Merkezi 18/9
Beyoğlu/İstanbul
Tel: (0212) 222 10 66 - 243 30 73 • Faks: (0212) 222 46 16
info@nemesiskitap.com • www.nemesiskitap.com
Sertifika No: 26707

MATBAA
Dörtel Matbaacılık San. ve Tic. Ltd. Şti.
Zafer Mah. 147. Sok. 9-13A Esenyurt/İstanbul
Tel.: (0212) 565 11 66
Sertifika No: 40970

MERDÜMGİRİZ

DÖNÜŞ
YENİLEN
İYİLEŞ

AŞKIM
KAPIŞMAK

nemesis
KİTAP

Bugünlere!
Bugüne uyanmış herkese...

İÇİNDEKİLER

BAŞLARKEN

Merdümgiriz! Yani, kendini diğer insanlardan soyutlamış yalnız insan. Toplumdan kaçan, insanlar arasına karışmaktan çekinen... Günümüz insanı için ne anlamlı bir tanım öyle değil mi? Kendine sorabilirsin: "Bunun ne kadarı benim?"

Son zamanlarda şu cümleleri duyar olduk: "İnsanlardan çok yoruldum", "Herkesten, her şeyden kaçasım var", "İnsan yüzü görmek istemiyorum", "Hem insanlarla olayım istiyorum hem de kalabalığa karışmak istemiyorum." Kimi istemeden o yalnızlığa çekiliyor kimi de gerçekten herkese kıza kıza, küse küse, insanları eleştire eleştire o yalnızlığı seçiyor. Tam bir *merdümgirizler* topluluğu...

Birinin kollarında başlıyorsun yaşamına. Sana bahşedilmiş yaşam senden çok bir başkasıyla ilintili. Sonra o kollardan, o kucaktan ayrılmak durumunda kalıyorsun. Büyüyorsun... Bu kaybediş başka avuntuları sokuyor hayatına. Oyuncakların, arkadaşların, icat ettiğin oyunların var. Gün geliyor zaman sana onlardan da ayrılman gerekebileceğini öğretiyor.

Kimileri daha erken yaşta tanışsa da eninde sonunda ölümle tanışıyorsun. Tanıdığın, sevdiğin birine veda ediyorsun. Yası öğreniyorsun ve bir kez daha gerçek manada bir ayrılıkla karşılaşıyorsun.

Her şeyin ebediyen elinden gidebileceğini anlama, idrak zamanları. Ölüm var diye âşık olmak istiyorsun, ölüm var diye yaşamak...

Çevrendeki herkes, -toplum, annen, baban, medya, her neye maruz kalıyorsan yani- sana güçlü olmak diye bir kavram aşılıyor. Bunu bazen döverek öğretiyor sana bazen de izleterek. Çevrene bakıyorsun, herkes bir kıyas içinde, sen de bu rüzgâra kapılıyorsun. Yandaki ev senin evinden geniş, arkadaşının arabası seninkinden pahalı, sen o adamdan yakışıklısın, o kız senin tırnağın olamaz... Her şey bir kıyaslamaya dönüşüyor, iyi ya da kötü bir güçler savaşına...

O sesi tekrar duyuyorsun: "Güçlü ol!" Ölüm var ve sen ölene kadar güçlü olmalısın! Hayata saldırmaya başlıyorsun. Elde edince de yine bir güçsüzlük duygusu, koca bir boşluk, belki biraz da bağımlılık.

Alışverişten cinselliğe, paradan mülke her şey ölüm ve güç arasında yaşanıyor. Hayatta kalmalı; ölüm var, para biriktirmeli; ölüm yine... Kapını yıllar önce de teknoloji diye bir kavram çaldı, çok da olmadı, hatırlıyorsun. Zaman hiç akmadığı kadar hızlı şimdi. Kendine, insanlara, hayata yetişemiyorsun. Yürümeyi çoktan bıraktın, dörtnala koşuyorsun. Koşarken ne gelirse önüne almaya, tüketmeye, harcamaya, deneyimlemeye başlıyorsun. Karşına kim çıksa yakınlaşıyor, her gördüğün kıyafeti alıyorsun. Alternatiflerin fazla. Eskiden bir iki seçeneğin varken şimdi on beş, yirmi kadın/erkek arasında kalıyorsun.

Kararsızlıklar başlıyor içinde. Kayıtsızlıkların çoğalıyor. Sevme becerini kaybediyorsun, vazgeçmek istemiyorsun hiçbir şeyden. Kafan giderek karışıyor. Hepsi benim olsun, hiçbirini kaybetmeyeyim, diyorsun. Var mı böyle bir şey, mümkün mü sormuyorsun. Sonra ne mi oluyor? Biliyorsun ama ben yine de sana söyleyeyim. Pişman oluyorsun. Kendini tutamadığın için, gereksiz eşya aldığın için, paranı boşa harcadığın buna rağmen kendini hâlâ boşlukta hissettiğin için mutsuz oluyorsun.

Pişmanlık öyle ağır bir duygu ki onu hissetmek istemiyorsun. Pişman olmak sana iyi gelmediği için unutmayı tercih ediyorsun. Reddediyorsun. O ilişkiyi, o insanı, o eşyayı, almamış, yaşamamış gibi davranmayı istiyorsun. "Ölsem daha iyi," diye düşünüyorsun, "Bu pişmanlıkla yaşanmaz."

Kıymet bilmek yok, sahip olduklarına şükretmek yok... Sonra içine şöyle bir duygu geliyor: "Ulan her şeyi denedim, her şeyi tattım, yine de boşluktayım, yine de mutsuzum." Sosyal medyayla avunuyorsun, hayatın kendisi sabahtan akşama önüne başka başka uyaranlar koyuyor. Unutman için sanki her şey senin emrinde. Yok sayabilir ve olmamış gibi hayatına devam edebilirsin. Tüm okuduğun kitaplar aynı geliyor, öptüğün kadınlar, seviştiğin adamlar, konuştuğun arkadaşların, konular, işler, kaygılar, sohbetler her şey aynı yavanlıkta, tek düze ve albeniden uzak. Sen farklı olmaya çalıştıkça başkalarına daha çok benzediğini fark ediyorsun. Sen kaçtıkça artık herkes seni taklit ediyor gibi, kıyasladıkça aradaki uçurum artıyor gibi.

Yoruyor bu seni. Yoruldukça derinliğin azalıyor, uykuların daha da bölük pörçükleşiyor. Ya çok fazla yiyorsun ya da hastalanacak kadar az. Az dinliyor, boş konuşuyor ve kendini daha da fazla önemsiyorsun. Artık merkezdesin. Dünya senin için dönüyor. İnsanlar senin için var. Sen yoksan dünya da yok! Etrafın kalabalıklaştıkça yalnızlaşıyorsun. Tanıdıkların arttıkça kendine yabancılaşıyorsun. Daha çok like, daha çok post, daha çok story. Kendi gerçeğini kaybediyorsun. Yaşadığın hiçbir şey tat vermemeye başlıyor. Her şeyi başa sarıyorsun. Daha, daha, daha...

Yaşadıkların seni yalnızlığa ittikçe yalnızlığı sevdiğini düşünmeye başlıyorsun. Sanki senin tercihinmiş gibi yalnızlığına sarılıyorsun. Sevecek ve tam anlamıyla sevilecek birinin hayalini bırakmış, yalnızlığı seven, yalnızlığı öven bir sahte role bürünüyorsun. İçten içe kendini değersiz, güçsüz ve sevgisiz hissediyor; etrafa mükemmel Ben'i oynuyorsun.

Bari bir hobim olsun, diyorsun. Yogaya başlıyorsun, boks dersi alıyorsun, meditasyon yapıyorsun, spor salonuna yazılıyorsun, ahşap boyama, örgü, seramik kursu, ekmek yapımı, pasta kursları, sayayım mı daha? İçinden bir gün bir şef çıkıyor, iki hafta sonra bir sanatçı, birkaç ay sonra ruhani bir lider. Yalnızlıktan kaçıp içindeki gerçek seni keşfetmedikçe tutunduğun her şeyden sıkılıyorsun. Sonra yeni bir hobinin peşine düşüyorsun. Tatmin olamadıkça suçlamaların ardı arkası kesilmiyor. Anneni, babanı, hayatı, arkadaşlarını, müdürü, şansını, kaderini. Aldatan sevgilin suçlu oluyor, parasızlığın yüzünden oluyor, patronun seni sevmediği için oluyor, ilkokul öğretmenin seninle yeterince ilgilenmediği için oluyor. Bahane çok.

Onların suçlu olması kısa süre iyi geliyor sana, rahatlıyorsun. Kendinle bağ kurmak yerine onlarla bağ kuruyorsun. Sonra yine kıyaslamaya başlıyorsun. "Gördün mü, şunun işi nasıl da iyi gidiyor. Benim tırnağım olamaz ama nasıl da mutlu, şansa bak..." "Kötülere bir şey olmaz," demeye başlıyorsun. "Madem adalet diye bir şey var bu kötüler neden bu kadar rahat yaşıyorlar," diye hayıflanıyorsun. Seni büyütenlerin aktardığı duyguları içinde büyütüyor, besliyorsun. İç sesin "başaramayacaksın" demiyor; "asla başaramayacaksın," diye çığlıklar atıyor. Önce kendinden, sonra herkesten kaçmaya başlıyorsun. Artık bir *merdümgirizsin*. Kaçmak, soyutlanmak ve derinleşmeden yaşamak senin yaşam tarzın oluyor. Hastalanıyorsun. Önce ruhun isyan ediyor bu duruma, sonra bedenin. Öfken, hiddetin, yalnızlığın, kaygılarınla birlikte sanki hayat da sana cephe almış gibi duruyor.

Kurduğun her ilişkide, gittiğin her tatilde, gezdiğin her yerde, dans edişinde, âşık olduğunda, bir şeyler öğrendiğin zamanlarda, hatta uyuduğunda bile yani her yerde, sana çocuklukta ekilen, o ilk tanıdığın duygular eşlik ediyor. Sen büyüyorsun, insanlar değişiyor, mekânlar değişiyor ama duygular aynı kalıyor.

Bazen âşık oluyorsun; içindeki o derin yalnızlık duygusu bitecek zannediyorsun. Belki de bir süreliğine... İçindeki o olumsuz duygulardan kaçmak için kendine bir amaç bulmaya çalışıyorsun. Hırs diyorsun bunun adına, belki işkolik oluyorsun. Bir şeyler üretmeye, yaratmaya çalışıyorsun, kendince bir yere kadar. Yine o duygular yanında. Ara ara bir şarkıda, bir sigarayı yaktığında, içerken, yerken, bazen bir şarkının melodisinde. Yine geliveriyor o his. En çok da araba kullanırken ya da bir şeyler izlerken, belki öylece boş boş dalıp gittiğinde gelip böğrüne yerleşiveriyor. Bir korna sesi ile uyanıp kendine geliyorsun; tekrar yaşadığını hissediyorsun. Anlık bir nefes alışı... O an sanki az önce öldün de onu deneyimledin. Bir korna çaldı ve tekrar dirildin, tekrar kendine geldin, tekrar yaşamaya devam ettin...

İşte o seni üzen, yoran kötü duygular ölmek gibi bir deneyim aslında. Varlığını hissetmemekle eşdeğer. Seni uyaran, bir şekilde sana seni hatırlatan iyi ya da kötü, acı ya da tatlı bir deneyim gerekiyor kendine gelmen için. Buna bazen sıkıntı, dert diyorsun bazen de şans, nasip, yaşamak deyip geçiyorsun. Aslında buna tam olarak *deneyim* diyoruz. Düşmeyi de kalkmayı da kazanıp kaybetmeyi de ağlayıp gülmeyi de canının yanmasını da can yakmayı da bazen dürüst olup bazen yalan söylemeyi de ya da bazen *mış gibi* yapmayı da deneyimlemek gerekiyor.

Eğer bunu kabul ediyorsan, ben insanlardan uzaklaşarak, soğuyarak kendimi yalnızlaştırdım, o yalnız insan benim, diyorsan elbette ölüme bırakmayacaksın kendini. Diyeceksin ki: YAŞAMALIYIM! Bu yalnızlıkla yaşamayı bilmemeni anlıyorum. Kendini başarısız, değersiz, dışlanmış hissetmemek için sosyal ilişkiler kuruyordun. O yalnızlık duygusunu bastırmak için kendine bir eş arıyor ve kimi zaman buluyordun. Kızarak, döverek, saldırarak, arkasından konuşarak, anlamayarak ve empati kurmayarak, yalan söyleyerek, aldatarak, susarak ve bağırarak, kendini saklayarak içindeki duyguları bir şekilde ona/ onlara aktarıyordun. Kalabalıklara giriyor, yiyor ve içiyordun. Birileriyle tanışıyor, mağazadaki kasiyerle selamlaşıyor, bir gece kulübünde belki hiç tanımadığın insanlarla dans ediyordun. Bir derneğe üyeydin, iş yerinde toplantılara katılıyordun, hayvanlara dokunuyor ve kısaca öyle ya da böyle temas ediyordun. Masken yoktu, ağzını burnunu sıkıca kapattığın zamanlardan değildi. Sürekli temizlenme, kolonya sürme ihtiyacı duymuyordun. İçindeki duygular vardı yalnızca ve onları bir şekilde aktarıyor, temizleniyordun.

Kendine iyi geldiğin anlarda belki başkalarına kötü geliyordun ya da tam tersi insanlar sana iyi gelmiyordu. Seyahatler yapıyordun, yalnız olmadığını ispatlayan fotoğraflar koyuyordun ardı ardına. Mutlu olduğunu kanıtlamak için sürekli bir gayret içindeydin. Hayat bir şekilde devam ediyordu. Evleneceğin insanlarla karşılaşıyor, âşık olacağın kişilere belki daha sık rastlıyordun. Pandemi hayatının ortasına girince kendi kendinle kalıverdin. Kendinle zaman geçirmeyi bilmiyordun. Bir sıkışmışlık duygusu, ölecekmiş gibi bir his ama ölmüyorsun. Bu kitabı okuduğuna göre eminim sen iyi olmak isteyen birisin. Kalabalıktan yılmış, yalnızlıktan yılmış, hem herkesten kaçan hem insanla temas etmeyi içten içe isteyen o insansın. *Merdümgirizsin.*

Merhametli, hatalarını gören, onları düzelten, hayatını tam anlamıyla içte ve dışta yoluna koymak isteyen insansın. Ben yeteri kadar kötü oldum, hem kendime hem başkalarına yalan söyledim, hem herkesle olmak hem onlardan ölesiye kaçmak istedim diyensin. Yeterince kandırdım, kandırıldım, adaletin iki yüzünü de gördüm, diyecek erdeme sahip olansın. Depresyonsa depresyon, mutluluksa mutluluk tattım, diyerek artık en doğrusunu yaşamaya karar veren bireysin. Yalnızlığın labirentinde, mutsuzluğun ve belki de depresyonun en dibinde kaybolan insan, bana kulak ver, beni iyi dinle.

Dönüşebilir, yenilenebilir ve iyileşebilirsin sevgili okur. Biraz zaman alacak belki evet, ama sen samimiyetle kendinin üzerine gittikçe her şey başkalaşabilir. Aşkta, parada, sevgide, mutlulukta istediğin yaşamı gerçek kılabilirsin. Kendine karşı samimiyetle ve şefkatle yaklaştığında yenilenip iyileştiğine şahit olabilirsin. Bu kitabı okuman senin bu dönüşüme adım atmak istediğini gösteriyor, bunu gerçekten başarabilirsin.

Her bir noktana nezaketle bakman gerekiyor. Tüm yanlışlarını kızmadan yani kendini yargılamadan kabullenmen, sana seni kötü hissettiren duyguların içinden geçerek onlarla yüzleşmen gerekiyor. Cennet kadar cehennemi de bu dünyada yaşayabileceğinin farkına varman, ayağa kalkabilmen için hayatın sana getirdiklerine bütün nezaketinle *eyvallah* demen gerekiyor.

Kendi karanlığının içinde bir süre kaybolabilirsin, panik yapma. Yavaş yavaş yeni deneyimlerle, yeni arkadaşlar ve yeni seçimlerle o karanlığın parlak bir ışığa dönüştüğünü de göreceksin. *Merdümgiriz* hallerinin zamanla azaldığını fark edeceksin. Sen nezaketinle olanları halden huya çevirdiğinde kendindeki ve hayatındaki değişimlere bire bir şahit olacaksın.

Sevgili *merdümgiriz*, sen samimiyetini ortaya koyduğunda sana yeni bilgiler gelecek. Hayatına başka bir gözle bakmaya başlayacaksın. Yüksek amaçlar edinmediğini fark edeceksin. Yargılamadan, hatasız kul olmadığını içselleştirerek olaylara bakmayı öğreneceksin. İçindeki labirent ara ara ortaya çıksa da onu küçültmeyi ve yok etmeyi isteyeceksin. İzlediklerine, okuduklarına farklı bir gözle bakmaya başlayacaksın. Eski komedi programlarına belki artık gülmeyecek, o çok sevdiğin filmler sana belki sıkıcı gelecek, peşinden gittiğin insanlar hiç ama hiç ilgini çekmeyecek. Başka makaleler okuyacaksın, başka şiirler aklına gelecek, bambaşka şarkılardan keyif alacaksın merdümgiriz.

Eğer bu halin, bu yolculuğun bir kabullenişle devam ederse hayat sana bambaşka yollar, kapılar, seçenekler sunacak. Sen yine zengin olmak iste, yine ünlü olma hayalleri kur. Her ne yapmak istiyorsan, hayalin neyse onu ardında bırakman gerekmiyor ki.

Önemli olan sadece kendin için istememen. Evren için, başka insanlar için, başka canlılar için de iste, dile, iyi niyetlerde bulun. O musluktan hep su gelsin istiyorsan tasarrufu bilerek, o elbiseyi alırken bir başkasının senden daha çok ihtiyacı olup olmadığını fark ederek.

Burası hâlâ bir cennet. Senin içinde şeytanlık yok değil var ancak ondan daha fazlası, içinde bir melek de var. Sevgili *merdümgiriz*, bu kitabı bu yüzden yazdım sana. Teknikleri uygulamak senin elinde. Bazı yerler şiir gibi bir hayat hissi verecek sana bazı yerlerde gözyaşları derya deniz. Canın sıkılırsa bırak, zorlama kendini. Aklında kalırsa ara ara bak. İstiyorum ki başucunda dursun, çantanda, plajda yanı başında. Canın sıkıldığında aç merak ettiğin bir konuyu ve oku. Hepimizin adı bir bakıma *merdümgiriz* artık. Bakalım ne yapacağız. İstediğimiz yere gidebilecek miyiz?

Kitapta sana yol gösterebilecek sekiz ayrı konu var. Her konu içinden çıkamayacağını düşündüğün duygu ve eylemlerle yüzleşmeni sağlayacak, kendine yepyeni bir kapı aralayacaksın. Dönüşecek, yenilenecek ve iyileşeceksin. Sen bu dönüşümleri yapabilecek güce, samimiyete ve isteğe sahipsin.

Her konunun sonuna sana iyi gelebileceğini düşündüğüm meditasyonlar ekledim. Bunları ister benim sesimle dinleyebilir istersen okuyup içselleştirerek kendi kendine de yapabilirsin. Meditasyonlar seni yönlendirmek, sana belli bir bakış açısı ve alışkanlık kazandırmak için bire bir kaleme alındı. Önce bir ya da birkaç kez okuman gerekecek. Sana verdiğim özel cümleleri ezberlersen harika olur. İhtiyaç duyduğun meditasyona başladığında önce cümleleri hatırlamayabilirsin, kitap hep yanında dursun. İstediğin zaman açıp bak. Acaba şimdi ne yapacaktım, dediğin her seferinde kitaba başvur. Bir süre sonra alışacak ve kendi kendine uygular hale geleceksin. İstersen başka bir kâğıda cümleleri not edebilirsin. Gözlerini kapatman gereken zamanları, ne zaman açacağını, hangi cümleleri söyleyeceğini ve hatta hangi görüntüyü seçeceğini sana tek tek anlattım. İhtiyaç duyduğun meditasyonu, ihtiyaç duyduğun zamanlarda uygulamak ve bunu bir alışkanlık haline getirmek artık senin seçimin.

Bu kitap sen dörüş, yenilen ve iyileş diye yazıldı. Kendine iyi davran, kıymetinin farkına var ve geç olmadan kendinle yüzleş, diye kaleme alındı. *Merdümgiriz* değil dert ortağı olalım, önce kendimize sonra eşimize, dostumuza can yoldaşı olalım, diye yazıldı. Kaçmak değil gelmek, uzaklaşmak değil yaklaşmak, öfke değil şefkat, nefret değil sevgi kazansın diye yazıldı. Bu kitap sen *Merdümgiriz* için yazıldı.

Aşkım Kapışmak

Mayıs 2021

Meditasyonları QR kodu
okutarak da dinleyebilirsiniz.

OLUMSUZ DÜŞÜNCELERDEN KURTULMAK İSTER MİSİN?

Yıllardır bu konuyla ilgili o kadar çok izledik, okuduk, dın-ledik, söylendi ve anlatıldı ki... Sürekli bize nerede acı varsa kaç, olumsuz bir yerde durma kaç, enerjini aşağı çeken insanlarla olma, dendi. Takma, boş ver, yürü git diye uyarıldık ve hayatımızı ister istemez bize acı verecek olaylardan, kişiler-den, durumlardan uzak durarak geçirmeye çalıştık. Oysa gerçek tam olarak bize anlatıldığı gibi değildi. Pandemiyle birlikte bu bilgilerimiz güncellenmeye başladı bile. Hem insan güncellendi hem de bilim, duygular ve psikoloji...

Artık acılarımıza da temas etmek zorunda olduğumuzu biliyoruz.

Olumsuz düşünceler sizi zaman zaman yersiz ve hiç aklınıza gel-meyecek anlarda tökezletebiliyor. Bazen boğazınızda düğüm, gözü-nüzde yaş oluyor bazen de kulağınızda bir çınlama veyahut yolda yürürken uzun süren bir dikkat dağınıklığı, unutuş... İyi bir duygu-nun içindeyken bir anda kötü hissetme hali oluşabiliyor. Kendinizle iki dakika bile baş başa kaldığınızda aşağı doğru çekildiğinizi hisse-debiliyorsunuz. Adına kimi zaman *can sıkıntısı* diyor oradan hızlıca uzaklaşmanın yollarını arıyorsunuz. "Ben bunları düşünmek istemi-yorum," diyerek o histen uzaklaşma, kaçma, üstünü örtme hali.

Çünkü "olumsuz olan her şeyden bu zamana kadar kaçmaya kodladım kendimi," dediniz içten içe. Şimdi hâlâ kaçılamayan, yakanızı bırakmayan o duyguları ötelemenin telaşıyla belki de bu satırları okuyorsunuz.

....

Tüm acılarınıza, olumsuz düşüncelerinize rağmen, duygularınızla temas kurabildiğiniz anda iyileşeceğinizi bilmelisiniz.

....

Biz, yani yeryüzünde yaşamış, ölmüş, yaşayan, bundan sonra yaşayacak olan tüm insanlar aynı potansiyelle dünyaya geliyoruz. Muhteşem bir hazineyiz aslında. Her birimizin henüz ulaşamadığı, fark edemediği yetenekleri, gücü, potansiyeli var ve bizler yeryüzündeki yaşamımıza bir doğum hikâyesi ile başlıyoruz. Doğduğumuz andan itibaren mayamızda olan muhteşem potansiyelin üzerine bir yazılım ekleniyor. Bu yazılım doğduğumuz yerdeki o toprakla, o mahalleyle, o kültürle, annemiz ve babamızla, o komşular ve o arkadaşlarla, onların korkuları, kaygıları, arzuları ve şehvetleri ile ilerliyor. Bizler o muhteşem yaratımın getirdiği potansiyelimizi kullanamaz hale geliyoruz. Çünkü hep başarılı olmanın, hep mutlu olmanın, her şeyi çözmenin peşindeyiz. Herkesin hayalinde en iyi insanla evlenmek var. En sağlıklı, en başarılı çocukları dünyaya getirmek var. Her şeye sahip olma arzusu peşimizi bırakmıyor.

Oysa hayat zıtların bütününden oluşur. Başarı kadar başarısızlık, mutluluk kadar acı, güzel kadar tiksinç, mucize kadar felaketle de çevriliyiz. Hep kazanmak diye bir şey yok, kaybetmek de hayatımızın bir parçası. Kavuşmak çok güzel ama ayrılık da var. Bir yerde yaşam filizleniyorsa mutlaka ölüm de vardır, yok sayabilir misiniz?

Zıddını düşünmeden olumsuz tüm duygu, olay ve insanlardan kaçarken, bize onları hatırlatacak şeyleri yok sayarken bir yandan da bazı hazlar geliştiriyoruz. Yeme içmede aşırılıklar, cinsellik, bağımlılıklar, işkoliklik ya da herhangi bir insanı aşırı takıntıya dönüştürme gibi. O kötü duygulardan, olumsuz düşüncelerden bizi uzaklaştıracak eylemlerde bulunma hali... Sürekli bir yarış içindeyiz. Dünyanın en iyi hazzına, elbisenin en güzeline, vücudun en muhteşemine, telefonun en üst versiyonuna, otomobilin en son modeline yani her şeyin en muhteşemine sahip olmanın yarışına girdik ama şimdi anlıyoruz ki asıl mesele o da değilmiş.

"Olumsuz düşüncelerimin kaynağı başka yerden geliyor, engel olamıyorum kendime."

"Sürekli geviş getirir gibi aynı şeyleri düşünüyorum."

"Bir gün iyiyim, bir gün kötüyüm."

"Her şey iyi giderken bir anda içime kötü bir şey olacak duygusu düşüyor."

Bir anneden dünyaya geldiniz. Onunla zaman geçirirken, onunla temas ederken ilk birkaç ay bir et parçası gibiydiniz. Zihninizdeki yazılımın temeli annenizin kendi duygusuydu. Eğer annenizin o süreçte bir olumsuz düşüncesi, kaygısı, hayatla bir problemi, eşiyle, geçmişiyle, kendi ailesiyle, dünyayla bir sıkıntısı varsa, bunların hepsi siz istemeden teker teker zihninize yüklendi. Hatta belki annenizle birlikte babanız ve yaşadığınız çevrenin etkileşimi de bunlara eklendi. Evde konuşulan konuları bilmiyoruz, o zamanlar neyin kaygısı vardı, size temas edenlerin bedeninde ve zihninde hangi korkular mevcuttu bilmiyoruz. Neleri başaramadılar, hangi konularda kendilerini yetersiz hissettiler bilmiyoruz. Bu insanlar da olumsuz düşüncelerini onları dünyaya getiren kişilerin kucaklarında deneyimlediler ve onlar da o duyguları gerçek zannettiler. Kendi potansiyellerinin belki de çok az bir kısmını geliştirip kullanarak şimdiki zamana taşıyıp size aktardılar. Yani doğduğunuz yerin kültürünü, korkularını, dayatmalarını, arzularını, şehvetlerini, kıskançlıklarını, nefretlerini, kibirlerini ve tüm olumsuzluklarını ister istemez zihninize aldınız.

Bilmiyorum ilk hatanız ne zamandı? İlk acınız, ilk ayrılığınız, başarınız... Ne zaman yaşadınız ve ne söylediler size? Bir şey başardığınızda, mesela üç dört yaşlarında odanızı toplamaya çalıştığınızda, dört beş yaşlarındayken arkanızdan neler söylenmişti, sizin için neler hissetmişlerdi? Bir bardağı kırdığınızda ya da ilk oyuncağınızı haşat ettiğinizde veya salona geçip tuvaletinizi yaptığınızda azarlanmış mıydınız? Nasıl azarlanmıştınız, size o an neler yüklenmişti? Beki de güçlü olmanız için istemediğiniz yemekleri sürekli ağzınıza tıkıştırıverdiler. O zamanın insanı bunu iyilik ve koruma duygusu olarak gördü ama bilemediler ki aşırı işgalin içinden de bir yalnızlık çıkıyor.

"Çok sevmişler beni, böyle bir anı hiç hatırlamıyorum. Kötü bir hatıram yok çocukluğuma dair," diyeceksiniz şimdi. Ben de size şunu söyleyeceğim:

....

Bazen, anne babalar çok severken de çocuklarının hayatını işgal ederler.

....

Çocuklarıyla aşırı ilgilenirken, sürekli yedirmeye çalışırken, aman düşmesin diye titizlenirken gelecekteki sizi de şekillendirmiş olurlar. Ne zaman insanlar yanınıza doluşsa bir anda kaygılanmaya, olumsuz düşünceler hissetmeye başlama sebebiniz ne ola ki? Ne zaman birine âşık olsanız, karşınızdaki insan üstünüze biraz fazla düşse bir anda rahatsız olmanızın nedeni başka ne olabilir sizce? Olumsuz düşünceler ya çok işgalci bir durumda ya da çok yalnız olma haliyle çıkmaya başlıyor ortaya. Onun üzerine ekleniyor hepsi. Tüm bunları unutmak için de hayatınıza iş dediğiniz, kariyer dediğiniz, ilişki dediğiniz, dünya dediğiniz *tutunacak o dalları* sokmaya başlıyorsunuz. Şöyle bir bakın mayanıza. Bu mayanın içinde sadece başarı yok, sadece gurur yok, salt mutluluktan ibaret değil. Siz bu dünyadaki anlaşmanıza ruhen iki yanınızı da kabul ederek başladınız. Önce bunu hatırlamak gerekiyor.

Hayatın içinde bazı problemler yaşarsınız. Bir şeyler kaybeder, bir şeyler kazanırsınız. Birileriyle ayrılır, birilerine küsersiniz. Bu olumsuz deneyimler –ne olduğu önemli değil– kendinize dönmeniz için bir mesaj aslında, kapınızı çalıp çalıp duruyor. İnsanın her iki yönden de kendisine temas etmesi önemli. Nasıl ki güzel olaylarda kendinize temas edip gururlanıyorsunuz, *aferin bana*, diyerek bedeninizle ruhunuzda o mutluluğu ve neşeyi hissedebiliyorsunuz acı da aslında sizden aynı yöntemi istiyor. Mutluluğunuzdan nasıl kaçmıyorsanız acınızdan da kaçmamanız gerekiyor.

....

Acılar da en az mutluluk kadar sizden temas
istiyor. Mutluluk kadar acının da içinden
geçmek gerekiyor.

....

Nasıl olacak peki? İnsan genelde düşünüp "Hadi ben bugün kendime bir bakayım, acımın içine gireyim," demez. Bunu istemeden yapar, çoğu zaman o sıkıntının, o acının içine çekilir. Ancak bunu bilinçli yapar ve bir acıdan, sıkıntıdan sonra kendisiyle temas kurarsa gizli saklı olumsuz düşünceleri her ne ise ona en temelinden dokunmuş olur. Siz bilinçli bir şekilde acının içindeyken, bir sıkıntıdayken bedeninizdeki ve ruhunuzdaki duygulara temas ettiğinizde karşılaşacağınız yalnızlıktan, ayrılıktan, o zamanlar size önemsiz görünen bir ihmalden, terk edilişten korkmayın. Çünkü bunu yapanların da bu duyguları size aktarımının sebebi, onlardan önce, onları dünyaya getirenlerle ilgili... Tıpkı başka insanlarda olduğu gibi... Gördüğünüz gibi aslında hepimiz bir aktarımın ürünüyüz.

Eğer içinizde biraz da olsa olumsuz düşünceler varsa, ruhunuzu aşağıya çeken bu duyguların sebebinin genelde sizi yetiştiren insanlar olduğunu bilmeniz gerekiyor. Onlar bunu bile isteye yapmadılar. Onların bu duyguları size istemeden aktardıklarını unutmayın. Beyniniz bu mayanın potansiyeli üzerine, sahip olduğu yazılımla birlikte "Ben bunu yapabilirim, bunu yapamam, ben böyleyim, bundan fazlası olamam, zengin olamam, mutlu olamam," gibi kodlar yerleştiriyor.

İyi de bazı insanlar nasıl bu kadar yetenekli ya da başarılı olabiliyor, diye sorduğunuzu duyar gibiyim. Size şunu çok net olarak söyleyebilirim: Acısına temas etmeyen yeteneğini bulamaz. Eğer acınıza temas etmediyseniz yetenek zannettiğiniz şey aslında kendinize güdülediğiniz acıdan kaçış yönteminden başka bir şey değildir. Başarı olarak nitelendirdiğiniz kriter acılarınıza temas etmemek için kaçtığınız labirentinizdir. İster istemez en derinlere inmek gerekiyor.

Olumsuz düşünceler his gibidir, önce bedende şekillenir. Unutmayın ki düne ve şimdiye dayalı tüm olumsuz deneyimlerde duygular bedene yapışır. Parmaklarından gözlerine, ayaklarının altından saç diplerine, midenden omuzlarına kadar bedeninin her yerinde duyguların var. Kaygılandığında, korktuğunda, mutlu olduğunda, üzüldüğünde, nefret ettiğinde, öfkelendiğinde, kibirlendiğinde ve hatta ölmek istediğinde bedeninin her bir noktasına bu kodlu duygular yansıyor. O nedenle duyguları anlamlandırmak ve köke inmek için kendine temasa, önce bedenle başlamak gerekiyor.

"Bu olumsuz düşünceler bedenimin neresinde?" diye kendinize sormalısınız. Bunun çok da tatlı bir yöntemi var, biliyor musunuz?

Kendinize her gün beş on dakika ayırabilecek kadar güvende misiniz? Peki, cesur musunuz? Çünkü bu biraz da cesaret isteyen bir eylem. Kendine zaman ayırmak, kendine dikkat kesilmek, kendine temas etmenin bilincinde olmak gerekiyor. Bunu da nezaketle yapabilmek lazım. Kendinizin dışında hayatın her yerine temastasınız aslında. Susadığınızda bir bardakla, acıktığınızda bir sebze ya da meyveyle, bir kuru ekmekle... Canınız sıkıldığında bir dostunuzla, iyi hissetmek istediğinizde bir eşyayla, unutmak istediğinizde elinizdeki telefonla... Hayata dair, dış dünyada kendiniz dışında herkes ve her şeyle temastasınız. İyi de kendinizden kaçmak niye?

....

Biliyor musunuz, size en iyi gelecek
doktor yine sizsiniz.
Dönüştürücü sensin!
Kahraman sensin!
Anahtar sensin!

....

Bu sizin hikâyeniz. Bu hikâyede şu ana kadar yaşadığınız olayları kader zannettiğiniz için belki sizi yetiştirenler gibi benzer sonlara sahip olacaksınız. Belli bir yaşa geldikten sonra çözümleyemediğiniz konular, duygular yüzünden o kodlanmış tüm duygular bedeninizin bir yerlerinden çıkmaya çalışacak. Şeker hastası olacaksınız, anlamsız ses kısıklığı yaşayacaksınız, tansiyon hastası olacaksınız, gözlerinizde, kulaklarınızda problemler olacak. Tüm hastalıklar tıpkı olumsuz duygularımız gibi bir çığlık... Yine kapıyı vuruyorlar duyuyor musunuz?

İnsan ömrünü uzun ve sağlıklı kılan, aslında onları yöneten sistem; zihin ve beyinde bulunan proteinler, hormonlar, onların arasındaki bağlar ve ilişkilerdir. Bir yerde olumsuz bir durum varsa o *durum, his, olay* bir süre sonra kendini taşıyamaz oluyor. Vücuda yayılıp birinin kalbine, bir başkasının dalağına, bir başkasının gözüne uğruyor. Uğramak da zorunda, çünkü bir anlamda vücuttan çıkmaya çalışan bir duygu o aslında. Birine öfkelendiğinizde elinizdeki nesneyi duvara doğru savurduğunuz olmadı mı hiç? Öfkeyi olduğu gibi bir masaya yahut bir insana yansıtmışlığınız yok mu geçmişinizde? Bazen heyecandan ne yapacağını bilemez insan, avuçlarını sıkar, terler, eli ayağına dolaşır, kimileri kekelemeye başlar. Bu sonuçlar bir histen, heyecandan kaynaklanmıyor mu? Çok üzüldüğünde ağlamak, korkunca kalbin çarpması, utanınca yüzün pembeleşmesi duygular ile bedenin birliğini göstermiyor mu? O halde gizli saklı, bastırılmış ve unutulmuş olumsuz bir duygunun bedendeki yansımalarının hastalık olarak tezahürü şaşırtıcı mıdır? Bedenin de o diplere köşelere sakladığımız ve unutmak için debelendiğimiz anlara ait bir hafızası olamaz mı? Duygu ve beden bütünlüğünün bir anlamı, yansıması ve kodları var.

O nedenle hayatınız için yapacağınız en büyük iyilik, her gün aksatmadan kendinize temas etmek olacaktır. Temas etme eylemini, duygu ve davranışlarını anlamlandırmak adına, hemen hemen her gün yapmalısınız. Sonra arada bir ve çok sonra da bunu düşünmeden hep yaptığınızı fark edeceksiniz.

O nedenle olumsuz düşünceler için öncelikle:

- Derin bir nefes alıp yavaşça gözlerini kapa.
- Nefesini yavaşça dışarıya ver.
- Bedeninle iyice temas et.
- Derin bir nefes al.
- İçine iyice yoğunlaş.
- Olumsuz düşünceleri tekrar düşünmeye çalış. O düşüncelerinin bir duygusu var. Onun tam olarak hangi duygu olduğunu bul. Neymiş?

- Dur!
- Duygunun içinde durmaya çalış. Çaresizlik mi? Yalnızlık mı? Dışlanmışlık mı? Başarısızlık mı? Belirsizlik mi? Sevgisizlik mi? O duygu ne?
- Şimdi o duyguyu bedeninde nerede hissediyorsan elini oraya koy. Elin nerede?
- Elini oraya koyduğun anda gözlerinin önüne bir anı gelecek. Ne olduğunun önemi yok. Gördüğün bir obje, nesne ya da renk. Belki canlı ya da cansız bir varlık. Onu iyice görmeye çalış.
- O anıda neredesin? Bu duygu geçmişte nerede seni yakalamıştı, onu tekrar görmeye çalış.
- Derin bir nefes daha al ve yavaş yavaş gözlerini aç.
- Şimdi ne hissettiğine odaklan. Bedeninde gördüğün anı ne?

Bu yöntem geçmişte bir yerde aynı duyguyu hissettiğinizi söylüyor size. Şimdiki zamanda yaşadığınız, olumsuz düşüncelerin duygu kaynağı geçmişteki anılarınızdır.

Şimdiki zamanda yaşanan olumsuz bir duygunun geçmişteki bir deneyimden kaynaklandığını bilmesi beyninize iyi geliyor. Ne yapıyor biliyor musunuz? Bir geçmişteki o anı düşünüyor bir de şimdiki zamanı. Bunu her gün yaptığınızda beyin bir süre sonra, hayatın içinde ne zaman olumsuz bir duyguyla karşılaşsa ister istemez *bu duygu acaba önceden ne zaman olmuştu* diye düşünmek zorunda kalıyor. Bunu yapabilmek için durması gerekiyor ve gün içinde üzerinde durmasa bile, akşam eve geldiğinizde zihin tekrar o anı hatırlıyor. Siz de bu kez bilinçli bir şekilde –bedeniniz de dâhil– o anıya gidiyor, hem kaynağı hem de şimdiki zamandaki olumsuz duygunun sebebini görmüş oluyorsunuz. Buna *tinsel yolculuk* deniyor.

Biraz daha detaylandıracak olursak; başınıza acı ya da olumsuz bir olay geldiğinde buna bedensel olarak tepki verirsiniz.

İkinci olarak bir duygu yaşadığınızda zihinsel bir tepki verirsiniz yani o olayı yorumlar ve ona bir anlam katarsınız. Üçüncü olarak bir duygunun tepkileri olur. Üzülmek, sevinmek, korkmak, endişelenmek, mutlu olmak gibi... İşte dördüncüsü de tinsel yolculuktur. Bu tinsel yolculuğa, tinsel olan tepkiyi çoğu insan vermez. Genelde duygusal ve fiziksel tepkiler verir, olayın üstüne bir çizgi çeker ve devam ederiz. İşte bu tinsel yolculuğu bilinçli bir şekilde yaptığınızda gelişim de başlayacak. Duygusal ve bedensel olarak ihtiyaç duyduğunuz iyileşmenin, iyi hissetmenin temellerini atmış olacaksınız.

....

İyileşme ve iyi hissetme hali tinsel yolculuğunuz ile başlayacak.

....

Tinsel yolculuk demek, başınıza bir olay geldiğinde onu yorumlayabilmek ve kaynağına gitmek demektir. Bu olayda bu duyguya varıyorum, aslında geçmişte şöyle bir olay yaşamış ve aynı duyguyu hissetmiştim, diyerek kaynağın farkında olmaktır. Mutluluk ya da üzüntü, öfke ya da kaygı, aşk ya da nefret... Sizi o duyguya ulaştıran süreci geçmişle ilişkilendirmek, geçmişteki o anla bağ kurabilmek şimdiki zamanınızı kurtaracak çok ince bir detaydır.

Sevgiliniz sizi o gece aramadı. Siz de aramadınız ama deli gibi bir huzursuzluk içinizi kapladı. O gece, yemek tatsız geldi size. İzlediğiniz diziye bir türlü aklınızı veremediniz. Hep bir huzursuzluk ve güvensizlik hali... "Acaba neden aramadı? Şimdi nerede, ne yapıyordur? Başka biri mi var yoksa? Neden yanımda değil, yoksa beni terk mi etmek istiyor?"

Biraz yavaş! Lütfen! Ne oldu? Bu kaygınızın, bu huzursuzluğunuzun sebebi nedir? Daha önce bu hisle ilk nerede, ne zaman karşılaşmıştınız? Bu güvensizlik ve huzursuzluk duygusunu size ilk yaşatan neydi, kimdi? Kendinizi nerede ihmal etmiştiniz?

Sizi kimin ya da neyin gideceği korkusu sarmıştı geçmişte? "Hep aynı şeyleri yaşıyorum," dedirten o karamsarlığın ilk günü ne zamandı?

Bu olumsuz duygular sevgilinizle birlikteyken, iş yaşamınızda, banyoda, yemek yerken, açık havada dolaşırken, arkadaşlarınızla ağız dolusu gülerken, muhtemelen hemen her anınızda sizi aniden sarıveriyor. Oysa kaynağın farkında olmak, bu duyguları fark edip kontrol etmenizde size fayda sağlayacak. Bunu hissediyorum ama bir sebebi olduğunu da biliyorum.

....

Sakin ol Zeynep!
Sakin ol Burak!
Sakin ol Meltem!
Sakin ol Cemre!
Sakin ol Cengiz!
Sakin ol ismin her ne ise!
Sakin ol canım kendim.
Bu duyguyu tanıyorum.
Bu duygunun nereden
kaynaklandığını biliyorum.
Bu duygunun tam olarak
gerçek olmadığını biliyorum.

....

Şu olayı ihmal etmiştim, buradaki hatam benim başıma böyle bir iş açtı gibi çıkarımlar yapmanız gerektiğini artık biliyorsunuz. Görünenin arkasındaki hakikati ve bu hakikatin yarattığı kişiyi bilmek çok daha fazla iyi hissettirecek.

Yani olumsuz düşüncelerden kurtulmak için onu alıp başka bir yere göndermiyoruz. "Ben onu yaptım, gözlerimi kapattım, iyi şeyler düşündüm," demekle olmadığının artık farkındasınız. Böyle hareket ettiğinizde çok kısa süre idare ettiğinizi, sonrasında tekrar aynı duygularla tökezlediğinizi artık biliyorsunuz.

33

Beyin kendi acısına temas edildiğinde onunla ilgili bir çıkarımda bulunabilir. Olumsuz düşüncelerimizin kaynağı kaçtığımız acılardır. Bunları bir yere yazabilir ve üzerinde düşünebilirsiniz, bu da bir yöntem. Yazdığınız notlara dikkatlice bakıp bir varsayımda da bulunabilirsiniz. Ancak bedenle ilgili de temas çalışırsanız bir bütünü yakalamış olursunuz. Çünkü olumsuz duygular hem içinizde hem de bedeninizdedir. Herhangi bir yerde keyfiniz kaçtığında enerjinizin düşmesi, üzülünce boğazınızın düğümlenmesi bundan.

....

Bedende olanı bedende aramak gerekir.

....

Bu arada gündelik yaşamın içindeki küçük küçük endişeleri, yaşanıp biten anın içindeki kızgınlık, şaşkınlık gibi olumsuz duyguları bu söylediklerimle karıştırmayın. Gelip geçiyorlarsa bunda bir sorun yok. Çünkü zihnimiz iyi duygular kadar kötü duygulara da ihtiyaç duyuyor. Beynin kendi potansiyelini bulabilmesi için kötü duyguların da deneyimini yaşaması gerekir.

Olumsuz düşüncelerden kurtulmak ve kendinizi daha iyi hissetmek istiyorsanız, ikinci en önemli adım sizi rahatsız eden ve genelde gitmek ya da bulunmak istemediğiniz ortamlarda durmaya çalışmaktır. Beynimiz çocukluktan itibaren yapmamamız gerekenleri öğrenerek gelişir. Onu yeme, buraya gitme, bunu yapma, şöyle söyleme, böyle konuşma, bunu okuma, yazma, buraya bakma gibi... Dışarıya çıkarken dikkat et, bunu giyme, şunu yapma, bunlardan uzak dur, sakın oraya gitme gibi uzun bir liste oluşturacak kodlarla büyürüz. Bu yanlış, bu günah, bu ayıp... Bu kodlamalar bizi farkında olmadan öyle derin kısıtlar ki potansiyelimizi kullanamaz hale geliriz. Korkunun olduğu her yere ister istemez setler çekeriz. Bunu giymem, bununla olmam, bu rengi sevmem, bunu yemem, böyle konuşmam, asla şunu yapmam, izlemem, dinlemem, hayatta öyle birini sevmem... Bu sınırları siz değil bir başkası ihlal ettiğinde de karşınızdaki kişiye karşı kodlamadan dolayı öfke dolmaya başlarsınız. Çünkü sizin giymediğiniz o kıyafeti rahatlıkla giymektedir, asla dediğiniz saçı o yapmıştır, o şortu giymiş, o adamla evlenmiş, o işte çalışmış, o kişilerle arkadaş olmuş, o cümleleri kurmuş, o kelimelerine insanlar mest olmuştur. Bu insanları gördüğünüzde kimini eleştirir kimini de linç edersiniz. Kimini kötüler, kiminin arkasından konuşur, kimini affetmez, kiminden korkarsınız. Sizin yapamadıklarınızı yapıyordur. Asla dedikleriniz uyguluyor, öyle yaşıyordur.

Bunun sebebi o deneyimleri sizin değil onun yaşıyor oluşudur. Sizin yapmaktan korktuklarınızı, bir tabuya dönüştürdüklerinizi, altını kırmızı kalemle çizdiklerinizi eyleme geçiriyor oluşudur. Sizin bu eylemlere yüklediğiniz kötü anlamlara rağmen o insanın bunları rahatça sergilemesine öfkelenirsiniz. Belki de bu öfkenin kökeni, içten içe hayalini kurduklarınızı sizin değil başkalarının yapıyor oluşudur. O nedenle yaşamınızın sert köşelerini esnetmeyi de öğrenmelisiniz. Asla, asla deme sözü, köşeleri sert, kırılmaz görünen insanların da asla dedikleri eylemleri yapabilecekleri, ister istemez o olayları yaşayabilecekleri anlamına gelmez mi?

✗ "Erkekler dans etmez!"

✓ Peh... Ne de güzel dans ediyorlar değil mi?

✗ "Erkek adam ağlamaz!"

✓ Şaşarım... Ne de güzel ağlıyorlar.

✗ "Kadınlar arabayı iyi süremez!"

✓ Size çok iyi araba kullanan onlarca kadın gösterebilirim.

✗ "Kadınlar ağırlık kaldıramaz!"

✓ Çoğu erkeğe taş çıkartmıyorlar mı?

✗ "Kadınlar tamir yapamaz!"

✓ Buna artık inanan var mı diyeceğim, biliyorum var olduğunu.

> ✗ "Bu saç onu çok hafif göstermiş."
> ✓ Eee, beş yıl sonra aynısını sen de yaptın.
> ✗ "Ne çok gülüyorlar sokakta."
> ✓ Yahu bir gece vakti en yakın arkadaşlarınla sen de sokağı kahkahalarınla inletmedin mi?
> ✗ "İşsiz adamla evlenilir mi, ne aptalmış!"
> ✓ Eee, sen de sevdin bak, sen de âşık oldun öyle bir adama.
> ✗ "Bu ucuz kadında ne buluyor anlamadım?"
> ✓ Yahu sen de sevdin aynı çevreden bir kadını. Demek seviliyormuş.
> ✗ "Gece gece sokağa mı çıkılır?"
> ✓ Eee çıktın işte, şimdi çıkmadıysan yarın öbür gün sen de çıkacaksın.
> ✗ "Bu nasıl bir şişmanlık, hiç durmadan yiyor."
> ✓ Eee, bak pandemi oldu, bütün gün evde hepimiz sadece yiyip içtik can sıkıntısından. Kilo da aldık, demek oluyormuş.

Önce bir insan, sonra da bir birey olarak ne kadar çok kuralınız, köşeleriniz var ise onları esnetmeniz gerektiğini anlıyor musunuz? Ben şuradan gitmem, bir git bakalım ne kaybedecek ve ne kazanacaksın? Ben bunu hayatta giymem, giy bakalım. Kimseye göstermenize de gerek yok, bir giyin bakalım ne oluyor? Aynanın karşısına geçin, bakın kendinize. Hangi duygudasınız, ne hissediyorsunuz? Bu bastırılmışlık halinin günümüzde kadın ve erkek ilişkilerinde, toplumun genelinde bizi getirdiği nokta belli değil mi? Geçmişin bastırılmışlığı şimdilerde haberlere konu olmuyor mu?

Sosyal medyada ve birçok sosyal platformda değişik değişik pek çok erkeğin, kültürel kodların dışında yapmaz, böyle dans edilmez, böyle şov olmaz dediği eylemleri yaptığını gördük, değil mi? Aynı şey kadınlar için de geçerli. Şimdilerde toplum gördükleriyle çatışıyor ama daha da fazlası olacak, hep birlikte göreceğiz. İnsan yapamadığı şeyin kıyısına kadar gider, oradan çekilir. Sosyal medyada bunu yapanları görünce dalga geçer, linç eder, eleştirir ya da güler. Siz de düşünün, yapmam dediğiniz ne var şu hayatta? Tabularınızı yıkın, yapılmaz ne varsa yapın, yıkın, kasıp kavurun ortalığı diye söylemiyorum bunları. Şunun için söylüyorum: Hayatınızda neyi küçücük de olsa esnetebiliyorsanız o kadar özgürleşiyorsunuz. O kasıntı hali de insanı kısıtlıyor, bir kabuğun içine hapsediyor çünkü.

Sokakta gülünmez, kahkaha atılmaz. Ee, güldün bak! Korktuğun kadar kötü müymüş? Seni ucuz mu yaptı? Kötü mü hissettirdi? Güldün diye dışladılar mı seni? Bundan bahsediyorum.

Kendinize koyduğunuz yasakları kendiniz için kurduğunuz birer tuzak olarak düşünün.

Çoğu kimse yatağında huzurlu huzurlu uyumaz. Tüm güzel duyguların yanında küçük de olsa rahatsız edici duygular da vardır. Hayat böyle kabul edince güzel. Yaşamayı neden kabul ediyoruz? Ölümü bildiğimiz için. Acıyı neden ister istemez deneyimliyoruz? Mutluluğu bildiğimiz için. Beyniniz zıtlıklara bir anlam verip onları kabullenmezse hayatta başarısızlığa, mutsuzluğa, deneyimsizliğe mahkûm olur insan. Şimdi diyeceksiniz ki olumsuz düşünceler gitmiyor, demek ki bu da bir deneyim. Şöyle bir uzanın. Kafanızı geriye yaslayın. Olumsuz düşüncelerin içinde kalmaya çalışın. Zihnim böyle bir deneyim yaşamak istiyor, deyin kendinize. Bu acıyı, bu korkuyu, bu endişeyi yaşamak istiyor. Zihnimin şu an buna ihtiyacı var. O duygunun içinde kalmaya ihtiyacınız var. O duygunun içinde kalırsanız bir süre sonra zihniniz ondan uzaklaşacak. Çünkü zihin aşırı acı çekmeye de aşırı mutlu olmaya da dayanamaz. Eninde sonunda o aşırı duygudan uzaklaşır. Bir insan günlerce mutlu ya da huzurlu olamaz. Acı da aynı şekildedir, sürekli yaşanmaz. Beyin o duyguyu yaşadığını ve tamamlandığını hissettiğinde ondan uzaklaşmaya başlar. Beynin böyle muhteşem bir kendini yenileme ve iyileştirme gücü, potansiyeli vardır.

Eğer akışa bırakabilirseniz olacak ama işte o yazılımdan dolayı siz kendi korkularınızı, endişelerinizi, alışkanlıklarınızı, bağımlılıklarınızı akışa iliştirip akmasına izin vermiyorsunuz. Durduruyorsunuz. Acı zihninizden gidecekken onu kendinize doğru çekmeye devam ediyorsunuz. Sizi aşağı çekmesine müsaade ediyorsunuz. Tam unutacakken, her seferinde geçmişteki o duygu deneyimini keşfetmediğiniz için "aşağı gel, burada benimle kal," diyorsunuz. "Burada dur, bana acı çektir, beni mahvet, beni eleştir, beni değersiz kıl. Beni sevilmeyecek bir insan yap. Hadi beni en başarısız insana dönüştür." Niye? Çünkü böyle alıştınız. Çünkü çocukluktan beri kendinize yaptığınız buydu.

"Ya birileri çıkıp bana söylesin ya da birileri söylemezse ben kendime söylerim. Bunu da başaramayacağım. Bu haltı da yedim, yine mutsuz olacağım. Bu ilişki de bitecek. Bu parayı da yönetemeyeceğim. Hiçbir şeye sahip olamayacağım."

İnsanın dost ya da düşman kimseye ihtiyacı yok. Dostu da kendisi düşmanı da... Bir ayna yeter de artar bile. O nedenle lütfen kaçmadan iyi ve kötü yanlarınızı, iyi ve kötü düşüncelerinizi nezaketle kabul edin.

Siz böyle yaptığınızda ilk bakışta hiçbir şey değişmeyecek aslında. Bir perde kalktığı için renklerle oynamış olacaksınız o kadar. Aynı hayatın içinde, farklı yollardan hedefe ulaşmak da var, artık biliyor olacaksınız. Farklı bir yol seçtiğiniz için farklı şeyler görmeye başlayacak gözleriniz. Duygularınız aynı mahalleden geçmenize rağmen yeni duyguların yolunu açacak. Aynı insanlarla olmanıza rağmen onlarda yeni özellikler göreceksiniz. Belki yok saydığınız belki de nefret ettiğiniz bir özellikleri artık sizi rahatsız etmeyecek. Hatta o özelliği onu farklı ve özel kılacak, belki seveceksiniz bile. Bir insanın içinde salt kötülük olmadığını bilmek size iyi hissettirecek. Onu daha çok anlamaya başlayacaksınız. Anlamadığınız bir durum olduğunda karşınızdaki kişi ya da olayı yargılamak yerine, çaba göstermeyi öğreneceksiniz. Bu da size kendinizi olduğunuzdan çok daha iyi hissettirecek. Siz iyi hissettikçe, iyi şeylerle karşılaştığınızı, iyi insanlarla tanıştığınızı, başınıza hep iyi şeyler geldiğini göreceksiniz. Hayat hep aynı ritimde akıp gittiği halde değişerek, dörüşerek ve biraz esneyerek iyi halde kalmayı, iyi ve kötü dengesine saygı duymayı öğreneceksiniz. Aynı gökyüzüne bakıp başka hayaller kurmak gibisi var mı?

Eğer hazırsan sevgili okur, biraz tatlı, biraz acı ve epeyce de zor bir yolla değişime başlayabilirsin. Önce olumsuz düşüncelerinden kurtulmak yerine onları kabul ettin. Kaynağına gittin ve şimdiki anda yaşadığın olumsuz duyguyla ne gibi bir benzerliği olduğunu gördün. Şimdi onu benimsedin, kabul ettin, biraz esnemeyi öğrenip köşelerini yumuşattın. Hayatta başarısızlık kadar başarı, mutluluk kadar üzüntü, doğru kadar yanlış var, artık biliyorsun. Şu an nasılsın, iyi misin?

OLUMSUZDAN OLUMLUYA GEÇİŞ

Beynimiz her zaman düşüncelerimize kanıt arar durur. En sık düşündüğümüz şeyler neyse onları kanıtlarla buluşturur. Haklı çıkmak ister. Eğer içimizden *her şey kötü gidiyor,* dersek beyin bunu duyar, ruhun ona üflediği mesajları kanıtlamak ister. Bundan dolayıdır ki etrafta ne kadar kötü insan, olay ve çarpışma varsa beden onu yanına çeker. Beden "Bu hep kötü gidecek," düşüncesinin peşinde koştuğu için beyin de bunu kanıtlamanın peşine düşer.

Böyle durumlarda beyne "hayatta daha güzel olaylar var, daha iyi insanlar var, bunları merak ediyorum" mesajı vermek gerekir. İnsanın beynine "Hadi bana bunları göster," demesi gerekiyor. Bunu kendine sık sık tekrar ederse beyin de yine kanıta

39

dayalı çalışacak ve ona göre davranışlar oluşturacaktır. Onun görevi bu! Ruhtan üflenen mesajı beyin gerçekleştirir, buna gayret eder.

....

"Biliyorum, daha güzel ve daha iyi şeyler var.
Hadi bana onları göster," demelisiniz.

....

Bu sözü ilk söylediğinizde beyin buna inanmayacak. Tekrar edeceksiniz, sesiniz az gidecek. Bir daha söyleyeceksiniz. Yine tam olarak inanmayacak. Beyin gerçekliği bedenin tümünden alır çünkü. Ayak parmaklarından saç diplerine ve damarlarının içindeki kana kadar bilir. Ama zorlayacaksın. Yine tekrar edeceksin.

....

"Biliyorum, daha güzel ve daha iyi şeyler var.
Hadi bana onları göster."

....

Zihnini değiştirmek için eski yanın "Hayır kötü gidecek," diye fısıldayacak. Fakat yine deneyeceksin. İkisinin arasında gidip gelme dönemleri yaşayacaksın. Değişimin bir günde olacağını kim söylemişti ki sana? Her gün ısrarla cümleleri tekrar ettiğinde bedenin de bunları ister hale gelecek. Yeter ki istikrarlı ol ve her gün aklına geldikçe uygula.

Bedenin de isteme haline geçtiğinde beyin sana hızlı bir şekilde kanıtları getirecek. Önce aynı yerlere, aynı insanlara ve eşyalara baktığın halde başka şeyler gördüğünü fark edeceksin. Aynı insanın içinde iyi şeyleri, aynı eşyanın iyi halini... Bu, senin değişen bakış açın işte! Arkadaşların aynı, işin, ailen, evindeki eşyalar, sevgilin, eşin aynı, kazandığın para aynı. Ama sen o değişimi öyle çok istedin ki artık kanıtlarıyla sana gelmeye başladılar.

"Hadi bana göster, kanıtla!"

Sen artık yeni bakış açısıyla yeni deneyimlere doğru yolculuğa çıkacak yepyeni bir insansın. Alışık olduğun davranış kalıplarını, düşünce zincirlerini değiştirdiğin ve terk ettiğin için yeni bir ruh gözüyle dünyaya bakıyorsun. Sen o gözle aynı olay ya da insanların iyi yanlarını görmeye başladın. Beyin de bunlardan etkilenerek kanıtları önüne seriyor.

Bu cümleleri okuduktan sonra, boşluğa düşüp karamsarlaştığında, hiçbir şey başaramayacağını düşündüğünde, her şey kötü gidecek hissi göğsüne çöktüğünde, hep yalnız kalacağım korkusu seni sardığında, kendini çaresiz hissettiğinde aklına hep aynı cümleleri getir.

....

"Biliyorum, daha güzel ve daha iyi şeyler var.
Hadi bana onları göster."

....

Peki, gerçekten o şeyi istiyor musun? Gerçekten iyi olmayı, iyi şeyler deneyimlemeyi, güzel aşklar yaşamayı, güzel işler yapmayı, güzel anlar deneyimlemeyi ve mutlu olmayı istiyor musun? O zaman iradeni kullanmak ve gerçekten istemek zorundasın. Ne dersin? Eğer beynin kanıt arıyorsa ona ruhundan yeni cümleler eklemeyi en azından bir denemek istemez misin? Öyleyse o kanıtı ne kadar istediğini göster beynine. Şimdi dilerseniz olumsuz düşüncelerinizden kurtulmak için size önereceğim meditasyonları da uygulayabilirsiniz.

OLUMSUZ DÜŞÜNCELERİNİZ İÇİN UYGULAYABİLECEĞİNİZ MEDİTASYONLAR

Kaygı Yaşayanlar İçin

Biliyorum, bazen kaygı, insanın üzerinde büyük bir yük dönüşebiliyor. Özellikle aşırı kaygı, hemen hemen herkes için zihni kurcalayan çok önemli bir konu. Bu kaygı ve endişeler, şu ana olan uzaklığımızla alakalı.

Kendimizi ne kadar çok bulunduğumuz anda hissedersek, endişe ve kaygılardan uzaklaşmak o kadar kolay olur. Ama yaşam çok hızlı, insanlar çok hızlı, haberler çok hızlı, sosyal medya çok hızlı, biliyorum. Çok hızlı düşündüğümüz için, kaygılarımız da hızlanıyor ama bunlarla baş edebilmek için, kaygıdan uzaklaşabilmek için yapmamız gereken en önemli şey, kendimizle nasıl konuştuğumuz.

Eğer sen de bunu istiyorsan, öncelikle izin vermen lazım.

Şimdi, derin bir nefes almanı ve bu nefesi yavaşça vermeni istiyorum. Tüm dikkatini vücuduna verip nefes aldığın her anın tadını çıkar. Ve nefes, bütün vücudunda gezerken, kollarında, omuzlarında, sırtında ve parmaklarında, sen de kendini iyi hissetmeye başlıyorsun.

Gelecek kaygısından uzaklaşabilmek için önce sakin olmak gerek. Şu an tüm vücudun ve ruhun yavaşça sakinleşiyor.

Geleceğini şekillendirmek sadece senin elinde.

Bunu yapmak için gerekli olan bütün donanıma sahipsin. Kendini her bakımdan yeterli hissediyorsun.

Zihnini kurcalayan olumsuz düşünceler, geçmişten şu ana gelen şeyler aslında. Ancak hiçbiri gerçek değil.

Onları fazlasıyla dinlediğinde gelecekle ilgili kaygıların da artacak. Bunlar sana ait değil, isteyerek ya da istemeyerek öğrendiğin şeyler. Bunları dönüştürmek, sağlıklı hale getirmek ve kaygıdan özgürleşmek senin elinde.

Şimdi tekrar derin bir nefes almanı ve kaygı yaratan düşüncelere karşı, olumlu düşüncelerle yapılandırmanı istiyorum. Hazırsan, tekrarlayacağımız telkinlerle bir altyapı oluşturacağız.

- "Zaman sadece şu andan ibaret."
- "Geleceğe dair umutluyum ve kendime güveniyorum."
- "Hayatımı şekillendirecek güç bende."
- "Sevdiğim insanlar tarafından seviliyorum."
- "Zihnimden geçen kaygılar yaşanmadı. O yüzden kaygısız yaşamayı, güvende yaşamayı kabul ediyorum."
- "Şu an deneyimleyeceğim şey kaygılarımı tamamen yok edecek."

Şimdi gözlerin kapalı bir şekilde, seni kaygılandıran tüm düşüncelerin bir bulut gibi gözünün önünden geçtiğini düşün. Hiçbirine temas etmiyorsun. Hayatını mahvedeceğini ya da seni zora sokacağını düşündüğün düşünceler, gözünün önünden bulut şeklinde geçiyor ve yavaşça uzaklaşıyor.

Uzaklaştıkça görünmez hale geliyor ve bitiyor. Bir tanesi daha geçiyor ve gidiyor. Diğerleri de aynı şekilde belirip kayboluyor. Onlara temas etmedikçe, senden uzaklaşıyorlar. Şunu söylememe izin ver:

....

Kaygıları geçmişten alırız, şimdiye getiririz
ve gelecek zannederiz ama hepsi bir illüzyon.

....

Geçmişteki korkuların, beynin depolama
alanından kaynaklanan bir illüzyon.

....

Gelecekteki kaygıların, beyninin tasarı
yapan alanında biriken bir illüzyon.

....

İkisi de gerçek değil.

....

Her zaman sakin olmayı, derin nefes almayı ve gözlerini kapattığında kendini sağlıklı hissetmeyi başarabilirsin.

Biraz sonra gözlerini açacaksın, hayata karışacaksın ya da başka bir deneyim yaşayacaksın ama şunu unutma, ne zaman kaygı hissedersen, yapman gerekeni biliyorsun. İçinden nasıl konuşursan, dışından onu yaşarsın.

Hayatta kaygılanacak hiçbir şey yok.

Küçük endişeler, tedbir almamız için var.

Küçük endişeler, emin olmamız için var.

O yüzden, büyük şüpheleri terk ediyoruz ve bunu yapabildiğimiz için şükrediyoruz.

Olumsuz Düşüncelerden Kurtulmak İçin

Önce sana iyi gelen rahatlatıcı bir müzik açmanı istiyorum. Şimdi rahat bir yere yatman ya da istersen oturman gerekiyor. Ama öyle yavaş bir temas olsun ki sanki tüm hayatın yavaşlamış gibi düşün.

Ellerin, ayakların, sırtın, kalçan ve kulakların yavaşça yatağa ya da koltuğa temas ediyor. Her temasta iyice rahatlıyorsun, derin bir nefes alıyorsun ve yavaşça verirken gözlerini kapatıyorsun. Tekrar derin bir nefes al ve ver. Bedeninin zihninle bir uyum içerisinde olduğunu hisset.

Tüm vücudun zihnine yani ruhuna ayak uyduruyor. Nerede olursan ol, kendi sakinliğini oluşturdun.

Hayat bu, yaşamak bu.

Ne kadar kalabalık ya da yalnız olursak olalım, gözlerimizi kapattığımız an kendi dünyamızdayız. Burası en özgür olduğumuz alan. Tekrar derin bir nefes al ve nefesi verirken tüm olumsuz düşüncelerin vücudundan, zihninden çıkıp gittiğini düşün.

Göğsünün her nefes alışında yükselip yavaşça indiğini hisset.

Nefesine odaklan çünkü an denilen durum, sen nefesine odaklandığında başlayacak. Sen şu an bedenin ve ruhunla bulunduğun odanın içinde sakinliğin merkezindesin. Sadece bulunduğun alanı hisset, güvendesin.

Sesler duyuyorsun, hafifçe o seslere odaklan. Nereden geliyorlar? Ardından tekrar derin bir nefes al ve aldığın nefese odaklan.

Şimdi bulunduğun alandan kendine doğru yolculuğa çıkıyorsun. Pencereden kollarına, koltuktan dizlerine, herhangi bir masadan ya da sehpadan ellerine doğru bir yolculuk.

Kendi dünyandasın ve şu an sana verilen muhteşem bir enerji ile bütünleştin. Nefes alıp verdikçe daha da huzur buluyorsun. Şimdi sakinliğin zirvesindesin. Birlikte, bizi tüm olumsuz düşüncelerden kurtaracak cümleleri tekrarlayacağız.

• "Bulunduğum anın farkındayım ve şu an olduğum hali kabul ediyorum."

• "Geçmişten özgürleştim, gelecekten özgürleştim, andayım ve canlıyım."

Şu an sadece söylediğin cümlelerin sana neler hissettirdiğine odaklan ve nefesini düşün, bedenini düşün, müziğe odaklan.

• Tekrar derin bir nefes al ve ver, tekrar al ve ver.

• Şimdi sana olumsuz ya da kötü gelen tüm düşünceleri bir buluta dönüştür. Olduğun yerde sadece bulutların geçişini izleyeceksin. Her bir bulutun içinde seni üzen, kızdıran, yoran, korkutan, utandıran ve yoran düşünceler var. Hiçbir buluta temas etme ve gözlerinin önünden akıp gittiklerini düşün. Sen temas etmedikçe onlar da sana temas etmeyecek. Hepsini tek tek izle. Artık izleyensin, seyircisin. Tüm olumsuzlukların izleyicisisin.

Gün içinde, hafta içinde bu olumsuz düşünceler aklına geldiğinde bulutları hatırla. Tekrar derin bir nefes alıp istediğin zaman gözlerini açabilirsin.

Zihnini Sakinleştirmek İçin

Zihnimizde bir yolculuğa çıkmaya ne dersin? Hani bazen, "susturamıyorum şu zihnimi," dediğin muhakkak oluyordur. Günlerin, haftaların, geçmişin yorgunluğu yüzünden içinde, derinlerde bir yerde oluşan bu gerginlikten kurtulmak ister misin? Çünkü zihnin sakinleştikçe hayat daha huzurlu bir yer olacak senin için.

*Sakin bir zihne sahip olan, hayatta istediği
her şeye sahip olabilir.*

Kendimizi bugün, yani birazdan dış dünyadan ayıracağız ve huzur dolu bir yolculuğa çıkacağız hem de hep birlikte. Şimdi senden rahatlamanı istiyorum, rahat bir yere oturabilir ya da uzanabilirsin.

Avuç içlerini dizlerinin yanına koyabilir, avcunu iyice açıp evrene sakin olduğunu, güvende olduğunu hissettirebilirsin.

Şimdi derin bir nefes al ve ver. Oksijenin vücuduna girdiğini ve ona hayat verdiğini hisset. Tekrar nefes al ve yavaşça ver. Her nefes alıp verişinde zihnin sakinleşiyor ve böylece bedenin de ona eşlik etmeye başlıyor. Kasların gevşiyor, tüm vücudun hafiflemeye başlıyor.

 Zihnine her türlü olumsuz düşünceden arınması için izin ver. Şu an kontrol sende ve düşüncelerini kontrol edebiliyorsun.

Gün içinde zihnini dolduran, aklını kurcalayan ya da muallakta kaldığın ne varsa, senin için bir senaryo hazırlıyor. İşte bu, seni aşağıya çeken ve ana odaklandırmayan bir senaryo.

Şimdi kendi senaryonu yazacaksın. Tekrar derin bir nefes al ve yavaşça ver. Nefesini aldıkça zihninde biriken güzel şeylerin farkına varıyorsun.

Her şeyin içinde olan muhteşem enerjinin farkındasın ve bununla birlikte yapabileceklerinin de. Kendini her rahat hissettiğinde bir olumsuz düşünce senden uzaklaşıyor, belki daha yakın zamanda yaşadığın bir deneyim belki de çocukluğundan kalma olumsuz bir kodlama.

Ve sen, her nefes aldığında bir tanesinden özgürleşiyorsun. Tekrar derin bir nefes al ve yavaşça ver. Birlikte zihnimizin en derinleri için sağlıklı ve sakinleştirici telkinler söyleyeceğiz

- "Bana verilen her şey için teşekkür ederim."
- "Şu an sahip olduğum her şey için şükrediyorum."
- "Deneyimlediğim ya da deneyimleyeceğim her şeyi sakin bir zihinle oluşturacağım."
- "Ben sakinliğin merkeziyim. Sakin zihnimi bugünden itibaren her ilişkimde ve her deneyimde aktifleştireceğim."

Telkinlere devam ediyoruz...

- "Nefes aldığım için teşekkür ederim."
- "Tüm deneyimlerin süreci elimde ama sonucu elimde değil ve ben sonucu elimde olmayan her şeyi kabul ediyorum."
- "Hırslarımdan arındım, beklentilerimi düşürdüm. En büyük beklentim zihnimin sakin olması."
- "Bunları yapabildiğim için, şu an kendime bu meditasyonu yapabildiğim için, sakince nefes alıp verebildiğim için, eğer istersem zihnimi sakinleştirebildiğim için önce evrenin Yaradan'ına, sonra evrenin kendisine teşekkür ederim."

Tekrar derin bir nefes al ve ver, nefes al ve ver.

Şu an nasıl hissediyorsun? Ortaya çıkardığın bu muazzam

enerji her zaman seninle. Karşına çıkan her zorlukta şu anda kalman, yani anı yaşaman ve doğru kararlar vermen için ihtiyacın olan tek şey, sakinlik. Bedenin ruhun sakinleştikçe uyumlanıyor. Eğer ruhunun yavaşça bedeninde gezinmesine izin verirsen artık tüm güç senin elinde. Hayatında hiç olmadığın kadar zarif ve naziksin. Tüm ilişkilerin zarafet ve nezaket üzerine kurulu. Bu hassasiyetini ve titreşimini azaltan ve artıran tüm üzüntüler, kaygılar ve gerginlikler şu an yok.

Şimdi kendine zihnindeki güzel düşünceleri ve hayalleri gözlemlemek için zaman tanı. Tekrar derin bir nefes al ve ver. Tekrar, derin bir nefes al ve ver, nefes al ve ver. Birazdan gözlerini açacaksın ama açmadan önce bir anlaşma yapmanı istiyorum kendinle, şu cümleyi son kez tekrarla:

"Hayattaki tüm başarılar, tüm güzellikler ve cesur olduğum tüm anlar, en sakin olduğum zamanlar sayesindedir."

Şimdi dilersen gözlerini açabilirsin...

Kaygı ve Stresle Başa Çıkmak İçin

Hazır olduğunda rahat bir pozisyonda otur ya da uzan. Dikkatini dağıtacak şeylerden uzaklaş ve yavaşça gözlerini kapat. Üç kere derin nefes alarak başlamanı istiyorum nefes al, nefes ver, nefes al, nefes ver, nefes al, nefes ver.

Tüm vücudunu rahatlatan derin bir nefes al, nefesi verirken bütün kaygılarından ve gerginliğinden arındığını hisset, yavaşça gözlerini kapat. Tekrar derin bir nefes al ve rahatla. Şimdi şu ana odaklanmanı istiyorum.

Tüm öncelik ve dikkat sende. Buradasın ve bir yolculuğun içindesin. Olman gereken başka bir yer yok ve yapman gereken başka bir şey de yok. Derin bir nefes al ve tekrar ver. Bütün vücudunda bu nefesin rahatlatan bir enerjiye dönüştüğünü hisset.

Saçlarından kaşlarına, omuzlarından kollarına, ellerinden karnına ve ayaklarına doğru yayılsın, sen nefesine odaklanmaya devam et. İçindeki tüm kızgınlık ve gerginliğin bedenini yavaş yavaş terk ettiğini hayal et.

Nefes alıp verirken göğsünün hafifçe yükseldiğini hissediyorsun, her nefes seni en derin huzur hissine doğru götürüyor. İçinde tuttuğun bütün gerginlik ve kaygılar tam anlamıyla üzerinden eriyip hiçliğe doğru akıyor.

Yaşam zor ve belki de zor olmaya devam edecek. Stres ile gerginlik tüm deneyimlerin ana şartı; yaşamdaki mücadelen yüzünden içinde biriken tüm stres, gerginlik sırtından omurgalarına oradan da beline doğru ilerliyor ve hiçliğe doğru karışıp yok oluyor.

Şimdi tekrar nefesine odaklan, dikkatin nefesine kaydıkça rahatlıyorsun. Enerjin o kadar güçlü ki seni bütün kaygılarından koruyor ve güvende tutuyor. Başkalarının ve senin kendine yaptığın yargılamalardan arınıyorsun.

Ertelediğin, zamanında almadığın kararlar ya da içinde

biriktirdiğin, söyleyemediğin tüm olaylar senden uzaklaşmaya başladı. Başkaları üzülmesin diye kendinde biriktirdiğin bütün stres ve düşünceler artık seni terk ediyor.

Yetiştirmen gereken hiçbir şey yok, bütün zaman senin ve zaman şu an. Sen, şu anın kendisisin, geleceğe dair bütün kaygılar aslında biriktirdiğin yüklerin.

Sana acı veren olaylar geçmişin şimdisinde oldu. Seni korkutan ve kaygılandıran olaylar geleceğin şimdisinde olacak ama asıl olan şimdinin şimdisi. Şimdi onlardan özgürleşiyorsun ve şimdi benimle birlikte şu cümleleri tekrar ediyorsun:

- "Doğru zamanda doğru yerdeyim, şimdideyim."

- "Sakinliğim gücümdür, şu andayım ve mutluyum."

- "Dünden uzak, geleceğe mesafeli, şimdinin içindeyim."

- "Olmuşu değiştiremem, olacağı belirleyemem ama şimdiye hükmedebilirim."

Evrenin güçlü enerjisinin içinde olduğunu hissediyorsun, güçlü ve ilahi bir ışık. Şimdi bu ışığın hafifçe başından içeri girdiğini hisset.

Evren, saçlarının arasından kendi parlak ilahi ışığını vücuduna dolduruyor.

Zihnini ve tüm vücudunu oluşturan organların, derin, kemiklerin olduğu gibi bu enerjiyle doluyor. Alnından burnuna, yanaklarına, çenene, boğazına, omuzlarına, göğsüne, bileklerine, parmak uçlarına kadar içine doluyor ve geçtiği her yeri rahatlatıyor.

Bu güzel ışık omurgandan aşağı inerken muhteşem bir parlaklıkla beline ulaşıyor, çünkü sen muhteşemsin.

Boğazından ilerlerken sıcacık huzur veren bir ışık saçıyor. Tüm dikkatini ve vücudunu ışığın kendisine bıraktın. Göğsünde, kalbinde ve karnında da aynı ışığı görüyorsun. Şimdi bacaklarından ayaklarına kadar iniyor, ayak parmaklarının içine kadar hissediyorsun. Bu güçlü enerji artık senin bedeninin her bir hücresinde ve çok parlak ışıklar saçarak içinde tuttuğun bütün olumsuz düşüncelere ulaşıyor.

Kendini yetersiz hissettiğin, istediklerini alamayacağını düşündüğün, yeterli olmadığına inandığın ve isteklerinin mümkün olmadığı engelleyici düşüncelerinden seni arındırıyor ve onları tamamen yok ediyor.

Bu parlak ve güçlü ışık seni parlatırken istediğin her şeyin sana doğru çekildiğini, senin artık o yaratıcı ışık olduğunu anlıyorsun. Tebessüm ediyorsun çünkü sakinlik tebessüm etmek demek. Zihninin temizlendiğini ve kaygılarından arındığını hissediyorsun. İçinde bir umut var, umudun adı şimdinin gücü. İsimlendiremediğin bir umutla varlığının ve zamanın farkındasın. Zaman senden yana.

Derin bir nefes daha almanı ve sonra nefesi sakince vermeni istiyorum. Kaslarının daha da gevşediğini, yumuşacık bulutların üzerindeymiş gibi hissetmeni ve şunu kabul etmeni istiyorum:

....

Kaygısız ve stressiz bir yaşam yok, sadece onları yönetmek ve şimdi de olmak var. Ben şimdinin kendisiyim.

....

Dilediğin zaman gözlerini açabilirsin.

İKİNCİ BÖLÜM

SEVME BECERİSİ

Bir yerlerde okumuş, mutlaka denk gelmişsinizdir. Afrika'da kulaktan kulağa nesillerdir aktarılan mini bir hikâyeden bahsederler. Afrika'nın bir serengetisinde her sabah bir ceylan sürüsü güneşle birlikte uyanır. O serengetinin en hızlı aslanından daha hızlı koşması gerektiğini yoksa aslana bir av olacağının farkındadır. Afrika'nın bir serengetisinde bir aslan sürüsü güneşin ilk ışıklarıyla birlikte uyanır. O serengetinin en hızlı ceylanından daha hızlı koşması gerektiğini yoksa sürüsüne yiyecek götüremeyeceğini bilir. Doğada aslan ya da ceylan olmanızın bir önemi yoktur, önemli olan güneşle birlikte hızla koşmanız gerektiğini bilmenizdir. İnsanoğlu bu doğanın neresinde yer alıyor? Onu güneşin doğuşuyla birlikte nelerin beklediğini biliyor mu? Yaşama becerisini sağlarken sevme becerisini kaybedebileceğinin farkında mı?

Çalışırken, okurken, yürürken, otobüse binerken, vapurda denizi seyrederken, yatağa uzandığında, dostlarıyla öğle yemeği yerken, konuşup şakalaşırken gün batana kadar neler yapması gerektiğini kendine soruyor mu? Kimleri hızlıca koşup geçmesi gerekiyor? Hızlıca koşup geçtiğinde ne oluyor? En hızlı olması ona ne kazandırıyor? İnsan koştukça ve ardında başka insanlar bıraktıkça neleri kazanmış ve neleri kaybetmiş oluyor?

Bugün evdeyim, tek başıma oturuyorum. Hani bazen kalabalık olur etrafın ama tek hissedersin, bazen de tek başınasındır ama aslında kalabalıksındır. Ben şu an kendi kalabalığımla gerçekten mutluyum. Siz nasıl hissediyorsunuz? Az önce bir suç işledim. Yani yer fıstığı ve patlamış mısır yemeden hemen önce süte biraz bisküvi bandım. *Okunmamış Mesaj*'da da böyle bir bölüm vardı hatırladınız mı?

Yeryüzündeki her insan, ömründe bir kez de olsa, gece mutfak kapısından geçmiştir. Bir kerecik de olsa, sütün içinde bisküvi ezmiştir ya da almıştır eline bir dilim böreği, yasak bir tatlıyı, mutfak ışığının altında, tüm odalar karanlık ve herkes uyurken yememesi gereken şeyleri yemiştir.

Tüm yemekler bir yana süte bisküvi katma hikâyesi çocukluk dönemlerine duyulan özlemi ifade eder. Süt ve bisküvi ikilisi, insanları ilginç bir şekilde çocukluklarına hatta bebekliklerine kadar götürür. Bilinçaltından bu yaramaz ikilinin arada bir çıkıp bize selam verme isteği, ölene kadar devam edebilecek bir tecrübenin eseridir. Bazı kelimeler öyledir. Bir araya gelince başka anlamlar çıkarır, daha da geçmişe götürür insanı. Süt ve bisküvi. Bazen mini mini bir bebekken yaptığın, sana keyif veren bir eylem, yıllar sonra süt ve bisküvi olarak vücut bulur. Bazen bir çorbanın kokusu seni annenin mutfağına götürür. Bir çocuğun ağlama sesiyle oyun parkında düştüğün o ana istemsiz gidiverirsin. Bunların kimi sevgiyle bilinçsizce sana gelir kimi de kötü anılarla. *Okunmamış Mesaj*'da şöyle diyordum konunun sonunda:

....

Gece yenen tüm yemekler, susmamız için bize verilen emzikler gibidir. Doyurmaz, ağlamayalım diye ağzımıza tıkıştırılır.

....

Doymak yerine öylesine kendimizi avuttuğumuz pek çok an var elbette. O duygumuzu doyurmak yerine, başka duygular ve eylemlerle onu geçiştirmek belki de daha kolay bilemiyorum. Fakat doymayan, doldurulamayan, yerine herhangi bir eylem, his, materyal koyulamayan bir duygu var ki, o eksikse vay halimize. Sevmek ve sevilmek ihtiyacından bahsediyorum. Hiçbir şey sevmek ve sevilmek ihtiyacının eksikliğini avutamıyor. Yerine ne koyarsak koyalım aynısı olamıyor. Fakat bir yandan da herkes sevgiden söz ediyor. Filmlere, dizilere, kitaplara, şiirlere, şarkılara, türkülere bu kadar konu olan bu duyguyu gerçekten yaşıyor muyuz? Dünyada herkes sevmenin öneminden bahsediyor ama bunun bir şekli bir yöntemi olsa daha mantıklı değil mi? Kimi sevdiğini, kimi sevildiğini zannediyor, kimileri sevmediğini düşünüyor, kimileri sevilmediğini hissediyor. O duygunun gerçek olup olmadığını nasıl çözümlüyor kafasında? Yoksa her şey ve sevme-sevilme hali de günümüzün balıklama atlanan kısa, yüzeysel durumlarından mı? Bir yandan da o Afrika'daki yaşama benzer bir koşma hali var. Hayatta kalma becerisi için gösterilen o çabada harcanan, harcatılan hayatlar. Üzerine basıp geçilen dostluklar, ilişkiler, eşler, sevgililer, aşklar var...

....

Oysa sevme halinde tıpkı ceylan ve aslanın hikâyesindeki gibi kadın ya da erkek olmanın bir anlamı yok. Güneşe koşar gibi sevme isteğinin vücut bulması yetip artacak bile.

....

Sevgi aslında bir bağlanma yöntemi. Bir bebek, anne karnında hiçbir şeye ihtiyaç duymadan yaşıyor öyle değil mi? Annesinin karnında olması onun için yeterli. Düşündüğümüz anlamda bir bilinç yok, farkındalık yok. Dünyaya geldiği anda ise yepyeni bir durumla karşı karşıya kalıyor. Bir şok yaşıyor ve korku duygusu gelişiyor. O korku ve tedirginliğinden onu kurtaracak olan ise şaşırtıcı şekilde sevgi oluyor. O nedenle korkusunu yenebilmiş insanlar gerçekten sevme becerisini sahip oluyorlar. Kendisiyle ilgili, hayatla ilgili korkularından arınmış, başarısızlık korkusunu yenmiş insanlar gerçek sevgiyi tadabilir. Tam tersi durumda ise hayatın hiçbir noktasında gerçekten sevemezler.

Kendinden korkan bir insanın bir başkasını sevme ihtimali yok. Hayattaki korkularından sıyrılamamış bir insanın sevebilme ihtimali pek azdır. Gerçekten sevme ihtimali ise sıfır. Bir korku ile koştururken hayatında birçok şeyi atlayarak ilerleyecektir o insan. O endişe hali sevmeye engel olacaktır. Değersizlik duygusu olan birinin karşısındakine gerçek kıymetini verme ihtimali nedir ki? Kendini değerli hissetmek için kendisinden çok fazla vermeye başlayacak, verdikçe ondan daha fazla isteyecekler, onlar istedikçe daha fazla verecek. Vermek zorunda; çünkü asıl sorunu kendisini kıymetli görmemesinde. Onu çok iyi bir insan olarak tanımlayacaklar. Ne kadar ilgili. Ne kadar da düşünceli biri. Kaç insan ömründe başka birini kendinden fazla düşünür ki, diye birbirlerine soracaklar.

Oysa burada gizli bir beklenti var. Kendini değersiz hisseden insanın fedakârlık yaparak sevgiyi adeta satın alması durumu... Altında yine bir korku ve değersizlik hissi var. O nedenle kişinin bir başkasını sevebilmesi için korkularını yenmesi gerekiyor. Gerçekten sevmek için bir alışveriş durumunun değil koşulsuzluk ilkesinin işlemesi önemli. Her şartta sevmek ve sevilmek... Gerçek sevgiden beklenilen bu olmalı. Birini seviyor olmanız için birçok şeyden vazgeçebilmeli ve birçok şeyin bedelini de ödeyebilmelisiniz. Sevdiğiniz şeyin ne olduğu önemli değil, bir nesne bir insan da olabilir, herhangi bir canlı da... Onu değiştirmeden sevebilmek... İşte bu çok kıymetli. Olduğu gibi kabul etmek. Şimdilerde bir mucize mi? Aforizmalarla, sloganlarla çevrili her yer. Peki, kaç kişi o cümlelerin içindekileri gerçek manada yaşayabiliyor? Tüm reklamlar mutluluk, aşk, sevgi, barış, zayıflık, güzellik, yakışıklılık vaat ederken çevremizdekiler ve hatta biz, siz neden kusursuz değiliz? Öyleyse kusursuzun peşinde koşup durmak niye? Daha iyisi gelecek, daha iyi iş, daha iyi sevgili, daha iyi arkadaş... Kaç kişiyi harcadınız böyle böyle?

Bu dünyada gerçekten bir krem sizi gençleştirseydi, gerçekten bir ilaç tamamen bağışıklık sisteminizi kuvvetlendirseydi yahut tamamen hayatınızda herhangi bir şeyi değiştirseydi kaç kişinin –kendiniz de dâhil– üzerini çizip baştan yaratırdınız? Şimdi siz gerçekten seviyor musunuz yani? Başta kendinizi ve sonra sevdiğinizi söylediğiniz kişileri?

Bir umudun peşinden koşmayı anlıyorum. Umut sevginin içinde bir alt başlıktır ve olmalıdır. Fakat sevginin içinde umut kadar güven de yok mudur? Sürekli değiştirmeye çalıştığınız kişi size ne kadar güvenebilir ki? Sevme halini öncelikle bir maharet olarak algılamak daha doğru değil mi? Sevme becerisinin içinde karşınızdaki insanı değiştirmeye çalışmamak var. Ona destek olmak, üretken olmasına izin vermek ve onun koyduğu mesafelere saygı duymak var.

Sevme becerisine sahip bir insan:
Karşısındaki insanı değiştirmez.
Ona destek olur.
Üretken olmasına izin verir.
Mesafesine saygı duyar.
Kişisel alanlarını korur.
Sevdiği insanı can kulağıyla dinler.
Sevgisinde istikrarlıdır.
Sevilmekten ve sevmekten keyif alır.
En önemlisi korkak değil, cesurdur.

....

Sevmeyi bilmeyenler korkak insanlardır. Korkakların hep bahaneleri vardır. Oysa bu dünyadaki tek amacımız gerçekten kabul görmek ve sevilmektir. Sevmek ne kadar büyük bir yetenek ise sevilmek de büyük bir beceridir. İnsan en çok sevmesi gerekenleri ihmal ediyor ne yazık ki. Çünkü başkalarının ilgisini, sevgisini kazanmak için o kadar zaman harcıyor ve öyle bedeller ödüyor ki, bir de bakıyor gerçekten zaman harcaması gereken insanlar için çoktan iş işten geçmiş.

Gün geliyor, fazladan değer verdiği insanlar karşısında bir değerinin olmadığını fark ediveriyor. Geriye dönüp baktığında ise ihmal ettiği yerde gerçek sevgi olduğunu görüyor. O yüzden korkakların işi değildir sevmek. Cesur insanların işidir. Zaman ayırabilen, sabredebilen, dinleyebilen, alaka gösterebilen, dürüst olabilen, destek verebilen, şefkat gösteren ve özverili insanların işidir sevebilmek.

Dilde söylendiği gibi değildir sevmek, on parmağın on özelliği de eksiksiz tamamlanmak ister.

....

Cesaret
Zaman
Sabır
Dinleme
İlgi
Alaka
Dürüstlük
Özveri
Destek
Şefkat

....

Bu dünyayla baş edebilmenizin tek yolu sevme becerinizi geliştirmek.

Çünkü dünya gerçekten kolay baş edilebilecek bir ortam değil. İnsanın bu zorlu hayatın içinde sevebileceği ve ona sevildiğini hissedeceği birileri olmalı. Ben bu duruma *dinlenme yeri* diyorum. Sevdiğiniz insan, dostunuz, eşiniz, sevgiliniz, arkadaşınız, akrabanız her kimse üstelik akıllı da biriyse o *dinlenme yeri* bir süre sonra rahatlıkla konuşabildiğiniz, derdinizi açabildiğiniz, dinlenip dinlediğiniz ve hal böyle olunca *demlendiğiniz* bir yer olmaz mı? Sevgi demlenmek değil midir?

Sevdiğinle demlenirsin. Her kimse o, yani ya sen çaysın belki o da su bilmiyorum ama o sohbet, o alaka, o sevgi suyu kaynatmaz mı? Kaynayan suyla demi gelen çay doyumsuz bir tada dönüşmez mi? Hele bir de severken olduğunuz yeri hiç düşünmüyorsanız, konuşurken, sarılırken dünya umurunuzda değilse yaşamanın tadı bir başka güzel olmaz mı?

O yüzden demlenebileceğiniz insanlarla olun. Dem alabileceğiniz insanlarla buluşun. Yaşamak için, sevmek ve sevilmek için çok zaman var gibi görünse de az zamanınız olduğunu bilin. "Çok" kelimesinin duygularımız ifade ederken kullandığımız, genellikle abartmak için dile getirdiğimiz bir tanımlama olduğunu da göz ardı etmeyin. Çok seviyorum, çok öfkeliyim, çok mutsuzum gibi... İnsan ne az ne de çoktur oysa. Sadece olur.

Sevme becerisine önce kendinizden başlamalısınız. Sevme becerisini kazanmak için de önce insanın kendini tanıması, sevmesi ve kendini bilmesi gerekiyor. Bazı özelliklerinizi budadıkça kendinizi sevme beceriniz gelişecektir. Ne olursa olsun, anlaşamasanız ve ona karşı kimi zaman çok öfkelenseniz de *her şeye rağmen yanımda olacaktır*, dediğiniz kaç kişi var? *En çıplak halimle beni sarmalıyor, ona gittiğimde o kapıyı hep aralık bulurum*, dediklerinizi gözünüzün önüne getirin. Peki, siz bunu kaç kişi için yaparsınız? Hiç? Bir, iki, üç, dört? İşte o kişilerin elini asla bırakmayın! Çünkü insan, bir başkası için parasından, kendinden, sevdiği şeylerden vazgeçebiliyorsa bilin ki o kişi çok ama çok değerlidir. Gecenin bir yarısı sizi kim yatağınızdan kaldırıp başka bir yere götürebilir? Hangi duygu, hangi güdü, hangi istek, hangi acı ya da korku bunu size yaptırabilir? Bunu sizin için yapanın ya da sizin onun için yaptığınız bu eylemin kıymetini bilin. Sevmek, tüm güzel duyguların içinde olduğu büyük bir sanattır. Bütün dünya bir sanat atölyesi ise siz o atölyeyi sevgiyle şekillendirecek sanatçılarsınız. O resmi siz boyuyorsunuz. Renkleri size ait. İçindeki çizimler sizin. İnsanlar sizin. Kendinizi çizdiğiniz o suret sizin. Bir yakınlaşıp bir uzaklaşarak o tabloya iyice bakın lütfen, sizi memnun ediyor mu gördükleriniz? Bu surette, bu biçimde, bu halet-i ruhiyede kalmak istiyor musunuz gerçekten? O renkleri değiştirebileceğinizi bile bile, sevmediğiniz bir tabloya her gün bakmak istiyor musunuz gerçekten? Bu resim atölyesinin en önemli özelliği sevme ve sevilme eğitimi veriyor oluşu. Gözlerinizi kapatıp bunu yok sayarak yaşamak isteyip istemediğinize siz karar vereceksiniz. Yapmanız gereken tek şey uyumu bozmadan bu sanat atölyesine, sevmek ve sevilmek üzerine olan tüm maharetinizi yansıtacağınız tablolar kazandırmak. Bunu bile bile sırtınızı dönecek misiniz o tabloya, kendinize sorun lütfen.

....

Her şey sevdiğine gebedir. Her gecenin sabaha varması gibi her duygu da başka bir duyguya varır. İnsan sevmeye meyillidir.

....

Her şey sevdiğine gebedir. Her gecenin sabaha varması gibi her duygu da başka bir duyguya varır. İnsan sevmeye meyillidir. En temelde hayatı boyunca attığı her adım sevmek üzerinedir. Bilerek sevmeye, tanıyarak sevmeye, okuyarak sevmeye, gözleyerek sevmeye meyillidir. Biraz sormanız lazım kendinize, gerçekten seviyor musunuz? Sevebiliyor musunuz? Seviliyor musunuz? Sevmenin hakkını veriyor musunuz? Çünkü sevmek biraz da karşısındakinin hakkını vermek demektir. Sevdiğiniz insana hakkı olan zamanı, ilgiyi, saygıyı, sevgiyi vermek zorundasınız. Bunu bir zorunluluk olarak değil, bir akış içinde yapmak da en doğrusudur. Bir akış içinde yeterli ilgili, sevgiyi, zamanı alan insan kendini güvende hisseder. Hiçbir karşılık beklenmeden sevildiğini düşünür. *Her şeye rağmen senin varlığın bana iyi geliyor,* demenin bir başka yoludur, sevgiyi hakkıyla vermek.

Bu satırları okuyan güzel insanlar, size şunu net olarak söylemek istiyorum. Her biriniz hakkıyla sevilmeye layıksınız. Kırılmış olabilirsiniz. Bir daha sevmeyeceğinizi düşünüyor olabilirsiniz. Kimsenin sizi sevmeyeceğine inanıyor olabilirsiniz. Umutlarınızın tükendiği o en dipte dolaşıyor olabilirsiniz. Bir daha olmayacak zannettiğiniz ya da acı çekmemek için kendinizi kapattığınız bir dönemden geçiyor olabilirsiniz. Biliyorum, kolay gelmiyor hiçbiri size.

Onsra diye bir kelime var. Kuzeydoğu Hindistan'da yaşayan Bodo halkının kullandığı bir kelime. *Onsra*, kişinin bir daha âşık olmayacağını anladığında gelen kalp kırıcı his, son aşk, anlamına geliyormuş. Türkçede ne derdik böyle bir kelimenin karşılığı olarak? Asla sevemem başka birini mi? Harcadığım yıllara yazık mı? Benim aklıma *onsra* kelimesinin anlamını öğrenince *hüzün* geldi. Bir daha âşık olamayacağını düşünmek, bir daha sevmeyeceğini hissetmek çok hüzünlü değil mi?

Fakat unutmamanız gereken bir şey var: Sizin sevme beceriniz olduğu müddetçe bu hayatta yeniden seveceğinizi, yeniden sevileceğinizi unutmayın. Konunun karşınızdaki değil, siz olduğunu daima hatırlayın. Siz sevmeyi daha önce başarmıştınız, şimdi, yine, yeniden neden olmasın? Sevmeyi başardığınız an, karşınızdaki her şeyi sizin değerli hale getirdiğini aklınızdan çıkarmayın. Sevdikleriniz sizden, siz de sevdiklerinizden gidebilirsiniz. Sizin sırtınızı döndükleriniz gibi size sırtını dönecekler her zaman olacak, mesele yolun geri kalanında hayata sıkıca sarılmak. Daha önce de sevdiğini ve sevildiğini hatırlamak. Umutsuz görünen o günün, gecelerin aydınlanacağını bilmek. Bu sizi ayakta tutacak, bana güvenin.

Sevmenin sınırı da yok ki! Bir insanla mı başlıyor sevmek yoksa bir insanla devam mı ediyor? Bir kuşa sevgiyle bakmak nedir mesela? Pencere kenarına koyduğunuz o buğday tanelerinin anlamı ne? Bir çiçeği koklarken neden gülümsediniz? Hani artık kimseleri sevemezdiniz? Sevmek bir sanat, bu sanat bir insanla, bir olayla sıfırlanabilir mi? Bir sanatçı, ben sanatçı değilim artık, derse sanatı da kelimeleri gibi sorlanabilir mi? Siz sevmeyi başarmıştınız, o tabloyu siz çizmiştiniz, o sevme "artık tövbe sevmem," dediniz diye sizden gidebilir mi? Sevmek böyle muhteşem bir şey işte! Bu kadar zor ve ama bu kadar da kolay bir şey işte. Yapılması gereken tek şey gönüllü olmak, gerçekten istemek.

Kendini severek başla. Bardağını, yattığın yastığı, elinde tuttuğun kalemi, içtiğin kahveyi, okuduğun kitabı, izlediğin filmi, duvarına astığın tabloyu, giydiğin ayakkabıyı, bedenini, suratını, kapattığın kapıyı, çıktığın sokağı, yürüdüğün yolları, her şeyi... Her şey senin hayatta akman için hizmet ediyor, hatırla...

Çünkü sen dünyanın kendisisin, unutma!

SEVME BECERİNİZE KATKI SAĞLAYABİLECEK MEDİTASYONLAR

Ruh Eşini Bulmak İçin

Bu meditasyon, imgeleme yöntemi ve çekim yasası kurallarını çalıştırmak için bazı teknikler kullandığımız, senin şifa bulman ve rahatlaman için yaratılmış bir meditasyondur. Dilediğin rahatlatıcı bir müziği açmanı tavsiye ederim.

Şimdi derin bir nefes al ve ver. İyice rahatlamanı istiyorum. İstersen rahat bir yere geçebilirsin, uzanabilir ya da oturabilirsin. Şu anki tek işin kendini rahat ve huzurlu hissetmek. Bu alanda kontrol edebildiğin tek şey sensin ve ruh eşini bulmak için ihtiyacın olan tek şey de sensin. Lütfen rahatla.

Şimdi derin bir nefes al. Aldığın her nefesin içinde, güçlü bir enerjiye dönüştüğünü hisset. Artık yavaşça bu meditasyonun müziğinde enerjinin akışını hissedebilirsin.

Müziğe odaklan.

- Her notada biraz daha rahatladığını hisset.

- Her nefes alışında tüm istenmeyen enerjilerden temizlendiğini hayal et.

- Gerginliklerinden ve korkularından arındığını hisset.

- Artık çok sakinsin, sakinlikte bulduğun gücü aldığın nefesle hissetmeye başla.

- Rahatlığını koruyorsun.

- Burun deliklerinden giren havanın, senin enerjini temizlediğini ve verdiğin nefesle, bütün enerjinin akıp gittiğini hisset.

- Kasların yavaşça rahatlıyor.

- Her bir hücrenle, etrafında oluşan enerji akımını hissediyorsun. En sevdiğin kokuyu ve rengi hayal et.

- Enerjinin nasıl göründüğü tamamen senin kararın.

Bu meditasyon sırasında yenilmez bir umut hissediyorsun. Geleceğe dair hiç bu kadar umutlu olmamıştın.

Vücudundan dışarı doğru çıkan bu büyük ışık yayıldıkça, ruh eşin de sana ve senin sonsuz sevgi enerjine doğru çekiliyor.

....

Sen, hayal edebileceğinden çok daha büyük
bir potansiyele sahipsin.

....

Senin içindeki nazik sevginin değerini bilen bir enerji. Etrafında yarattığın bu ışık alanını daha da benimsemeye başlıyorsun. Kendini bu ışığa teslim ediyorsun. Işık seni bir odaya götürüyor. Yavaşça odaya giriyorsun. Bu odada neler var? Evin hangi odasındasın? Kimlesin? Nasıl biri? Ruh eşin tanıdığın biri mi? Yoksa daha önce hiç görmedin mi? Peki, ruh eşinle neler yapıyorsunuz? Sana neler söylüyor?

Partnerine her baktığında kendini güvende hissediyorsun.

Sen bedenen ve zihnen, olmak istediğin en iyi konumundasın. Bunu her bir hücrende hissedebiliyorsun.

Sen, sevgi vermeye ve almaya hazırsın. Çünkü kusurlarınla seviliyorsun ve ruh eşini de kusurlarıyla seviyorsun.

Şu an sevildiğini iliklerine kadar hissedebiliyorsun. Bugüne kadar yaşamak istediğin mutluluk, şu an burada, seninle, önünde. Enerjilerinizin birbirini tamamladığını hissediyorsun.

 Yavaşça ruh eşinin elini tut ve aranızdaki enerji geçişini hisset.

Senin parmak uçlarından, onun parmak uçlarına… Bu enerji akışı, seni sonsuz bir huzurla dolduruyor. Partnerinin ışık dolu zihniyle iletişim halindesin ve kendini olman gereken yerde hissediyorsun. Diğer elini de partnerine uzat ve yavaşça sarıl.

Güçlü ve durdurulamaz eşsiz iki enerji bir araya geldiğinde, kendine bu anın tadını çıkarmak için zaman tanı.

Partnerinle konuşabilirsin, beraber geleceğinizi planlayabilirsin. Ruh eşinle yarattığın bu enerji, her zaman seni burada bekliyor olacak.

Şimdi, partnerinle aranda olan bu değerli zamanı değerlendirebilirsin. Huzurlusun ve ait olman gereken yerdesin. İstediğin zaman gözlerini açabilirsin.

Mutlu Bir Evlilik İçin

Sen de hayatını gerçekten sevdiğin ve sevdiğin tarafından sevildiğin biriyle birleştirmek yani evlenmek istiyor musun? Haklısın dünya çok zor bir yere gidiyor olabilir ya da öyle gözükebilir. Belki arkadaşların evlendi, çocukları var. Belki sen uzun zamandır evlenmeyi istemiyordun ama artık istiyorsun.

Belki de kimseye güvenemedin, *işte bu*, diyemedin anlıyorum. Önceliklerin farklıydı, beklentilerin de ama şimdi aile olmak istiyorsun.

Seninle muhteşem bir evlilik meditasyonu yapacağız. Amacımız zihnimizde buna engel olan olumsuz düşüncelerden özgürleşmek, çünkü insan en çok kendiyle iletişim halinde.

Yapacağımız bu meditasyonla aşk dolu bir evlilik için yolculuğa çıkacağız.

• Güvende olduğun bir yerde dur, istersen otur istersen uzan ama bunları yaparken yavaşça nefes al ve rahatla.

• Seni evlilikten uzaklaştıran, korkutan tüm olumsuz düşüncelerin olduğu en derinlere doğru derin bir nefes al.

• Aldığın her nefes, bilinçaltındaki olumsuz düşüncelere kadar ulaşıyor ve olumsuz kodlanmış düşünceler sen rahatladıkça özgürleşmeye başlıyor.

Şimdi kendini, huzur veren ve iyi hissettiren yani senin için özel olan bir yerde hayal etmeni istiyorum. Acele etmene gerek yok, zaman şimdi.

Etrafını iyice gözlemle, öyle bir yerdesin ki evliliğe hazırsın. Ne maddiyat ne maneviyat, tek engel senin olumsuz kodlarındı, artık yoklar.

Ve önünde bir masa var, masanın üstünde evlilik yüzüğü.

Sadece ona bak, o yüzüğün içinde evleneceğin insan, çocuklarınız, birlikte geçireceğiniz zamanlar, ödeyeceğiniz bedeller, mutlu olacağınız anlar ve sonsuza kadar sürecek büyük bir yolculuk var.

Yavaşça başını kaldır. Evleneceğin kişi sana gülüyor. O, senin bu yaşına kadar hayalini kurduğun kişi. Artık imkânsızlık yok ve âşık olacağın kişi seninle evlenmek için sana tebessüm ediyor.

Daha o hayatına gelmeden ruhu geldi ve sen bunu hissediyorsun. Bunun aşk olduğunu, evlilik olduğunu hissediyorsun.

....

Seni engelleyecek hiçbir düşünce yok.

....

Bu hayal, bu yol, bu yolculuk senin. Evleneceğin kişi yüzüğü alıp parmağına takıyor, ne hissediyorsun?

Artık evlilik yüzüğü parmağında, yaşadığın duyguya odaklan, sadece ikiniz ve evlilik. Birbirinize baktıkça yıkılamayacak kadar güçlü bir bağ ortaya çıkıyor.

Artık birlikte eğlenceli, romantik, aşk dolu ve her bakımdan sizi mutlu eden bir yolculuğun içindesiniz.

Parmağındaki yüzük ait olduğu yerde. Evliliğe hazır ve âşık olan sen, durumun sadece tadını çıkarıyor, bu bağın gerçekleşmesi, güçlenmesi ve devam etmesi için kendine şu telkinleri tekrarlıyorsun.

- "Hayalimdeki evlilik için hazırım."
- "Mutlu olmak ve mutlu etmek istiyorum."
- "Ben hem aşkı hem de evliliği hak ediyorum."
- "Beni evliliğe götürecek tüm yolların ne kadar muhteşem olduğunun farkındayım."
- "Bu yolda başıma gelecek tüm deneyimleri kabul ediyorum."

Şimdi şunları unutma lütfen, ağzımızdan çıkan her söz aslında duadır. Sen bu meditasyondan sonra bir daha olumsuz cümleler kullanmayacaksın.

Ve aklına evlilikle ilgili olumsuz düşünceler geldiğinde durup düşüneceksin. Az önceki telkinleri hatırlayacaksın. Şimdi derin bir nefes al ve yavaşça ver. Tekrar o muhteşem alandasın. Yine masa, yüzük ve âşık olduğun kişi seninle.

Yaşadığın bu özel anda gerçek bir mutluluk hissediyorsun ve bu mutluluk sonsuza kadar küçük sıkıntılarına rağmen seninle birlikte olacak. Hiç bu kadar iyi, muhteşem ve ait hissetmemiştin.

Evleneceğin kişiyle göz temasındasın, o kadar güvendesin ki bu temas dakikalarca sürebilir, aynı şeyi o da hissediyor. Ona güven konusunda endişen yok ve bu kez masadaki yüzüğü sen alıp onun parmağına takıyorsun.

O, senin tarafından sevildiği için kendini çok iyi hissediyor ve onun hissettiği tüm iyi duygular artık sende. Çünkü bu birliktelik, bu yolculuk her ikiniz için hazır.

Şu anlaşmayı birbiriniz için yapıyorsunuz:

....

Her türlü zorluğa rağmen biz birbirimizi
mutlu edecek çok şey bulacağız.

....

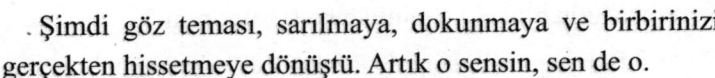

İkimiz de birbirimizi iyi tanıyoruz.

....

. Şimdi göz teması, sarılmaya, dokunmaya ve birbirinizi gerçekten hissetmeye dönüştü. Artık o sensin, sen de o.

Bu muhteşem evlilik siz daha dünyaya gelmeden sizin için yazılıp hazırlanmıştı. Ve ikinizin de hazır olması bekleniyordu, şimdi hazırsınız. Tekrar derin bir nefes al.

Biraz sonra gözlerini açacaksın, bir hayal gibi gelecek

ama bir duaydı, bir yolculuktu. Gözlerini açtıktan sonra aynı umutla, emin olarak yaşamaya devam edeceksin ve sen unuttuğun an evlilikle müjdeleneceksin. Şimdi gözlerini yavaşça açabilirsin.

Sevgi ve Huzur Dolu Bir Aile İçin

Sen de herkes gibi sevgi ve huzur dolu
bir aileyi hak ediyorsun.
Seni, hayallerine bir adım daha yaklaştırmak için
hadi bir yolculuğa çıkalım.

Önce, derin bir nefes almanı istiyorum ve sonra yavaşça ver. Aldığın ve verdiğin her nefeste, içinde biriktirdiğin tüm gerginliklerden kurtuluyorsun.

Rahat bir yere oturduğundan veya uzandığından emin ol. Kendini olabildiğince rahat hissetmeni istiyorum. Tüm bedenini temas ettiğin koltuğa ya da yatağa bırak. Ve hazır olduğunda gözlerini kapatabilir, derin bir nefes alabilirsin.

Hızlı dünyaya ara vermiş gibi, insanlardan yorulmuş, bazen ne yapacağını bilmiyormuş ve kendini yalnız hissediyormuş gibiysen, bu meditasyon sana çok iyi gelecek. Çünkü hayat durup dinlendiğin zaman sana potansiyelini gösteriyor.

Aile hayatı, toplum hayatı gibi karışıktır, herkesin görevleri ve sorumlulukları vardır. Bazen duygular karışır. Bazen herkesin mutlu olmasını istersin. Bazen hayatında sorun istemezsin ama aile olmanın en önemli yanı beraberinde sorunları da barındırmasıdır.

....

Aile olmak demek, problemleri birlikte
çözebilmek demektir. Birlikte sorun çözenler,
birlikte güçlenirler.

....

Şimdi tekrar derin bir nefes al ve yavaşça ver. Aldığın nefesin tüm vücudunda dolaştığını hisset.

Nefesin saç telinden alnına, burnundan boğazına, soluk borundan karnına, karnından tüm vücuduna yayılıyor ve geçtiği her yerde seni rahatlatan, güvende hissettiren bir duygu bırakıyor.

Şimdi kendini kocaman bir ağacın altında otururken hayal etmeni istiyorum. Etrafını incelediğinde hemen yanında bir piknik örtüsü ve üzerinde çeşit çeşit güzel yiyecekler olduğunu gör. Bu kalabalık sofra sen ve ailen için. Havadan tüm vücuduna gelen ve temas ettiği yeri rahatlatan rüzgârı hisset. Ağacın gölgesinde otururken huzur dolu ve tüm gelecek kaygılarından arınmış hissediyorsun.

Çıplak ayaklarının çime değdiğini ve doğanın sana bütün cömertliğiyle eşlik ettiğini hisset. Bu güzel ortamın tadını çıkar. Başka neler görüyorsun? Mesela sofra kaç kişilik? Şimdi, biraz uzaktan hayat arkadaşının ve beraber dünyaya getirdiğiniz güzel çocukların, sana doğru el ele tutuşarak geldiğini görüyorsun. İçini kocaman bir huzur kaplıyor. Onları seviyorsun ve onlar tarafından sonsuz seviliyorsun.

Onlarla birlikte olduğun için her gün Allah'a şükrediyorsun.

Yanına yaklaştıklarında, çocuklarının koşarak sana sarıldığını hayal et. Onlar senin çocukların, senin birer parçan. Nasıl hissediyorsun?

Hemen sonra hayat arkadaşın elinden tutup seni ayağa kaldırıyor ve sana sımsıkı sarılıyor. O da seninle birlikte olduğu için çok şanslı.

Birlikte kurduğunuz bu aile, her zaman hayalini kurduğunuz o mutlu aile. Çocuklarınızın hemen yanı başınızda koşturduğunu ve oyunlar oynadığını hayal et. Sen hayat arkadaşınla el elesin. Aranızdaki bağ o kadar kuvvetli ki bunu hissediyorsun.

Şimdi hayat arkadaşının elini tutarak şu sözleri benimle birlikte tekrar etmeni istiyorum.

- "Her şeye rağmen ailemle mutluyum."
- "Ailemi mutlu etmek için elimden geleni yapıyor ve karşılığını alıyorum."

Bu cümleleri kendini kötü hissettiğin an tekrar etmeni istiyorum. Eğer ailen, çocukların, işin varsa daha mutlu olmanız için. Eğer bir aile kurmak istiyorsan, o ailenin şimdi zihninde olması için. Çünkü insan, içindekini dışında görür.

Sen, sağlıklı bir ailede yaşamak, hayat arkadaşını bulmak ve mutlu olmak için hazırsın. Sen, şu an hayat arkadaşınla ve çocuklarınlasın.

Şimdi derin bir nefes almanı istiyorum, nefesini alıp verirken yavaşça gözlerini açabilirsin. Ve ne zaman istersen, bu duygulara, bu meditasyon aracılığıyla tekrar ulaşabilirsin. Yapman gereken tek şey samimi olmak. Yani içine dönmek, içinde kendi gücünü keşfetmek ve sonra tekrar hayata devam etmek...

Sağlıklı Bir İlişki İçin

Hayat nerede ve nasıl olursa olsun tümüyle ilişkilerle ilgili.

Önce kendimizle sonra diğerleriyle.

İlişkilerde ilk kurduğumuz süreç ailemizle.

Biz, ailemiz aracılığıyla karşı cinsle ve diğer tüm insanlarla nasıl ilişki kuracağımızı belirliyoruz.

İlk adımlar aileyle başlıyor.

Bazen ilişki kurmak, ilişkiyi başlatmak ve devam ettirmek zor gelebilir. Heyecan, özgüven eksikliği, yanlış anlaşılma korkusu ya da yalnızlık duygusu bizi istenmeyen şeylere sokabilir. Bunun hayattaki tek çözümü kendinle kurduğun ilişki, kendine ne söylediğin, kendinle nasıl geçindiğin.

Şunu unutma, kendinle ilişkini düzelttiğin sürece başkalarıyla olan ilişkilerin de sağlıklı hale dönüşecek. Önce kendimizden başlayacağız.

Şimdi derin bir nefes almanı, mümkünse oturmanı ya da istersen uzanmanı istiyorum. Bedenin ve zihninle birlikte, rahatlayabilmen için tatlı bir yolculuğa çıkacağız.

Önceliğimiz derin bir nefes almak. Nefes alıp verdikçe tüm bedenini ve varlığını hissediyorsun ve hissettiğin şey seninle birlikte yaşamaya devam edecek.

Tekrar derin bir nefes almanı istiyorum. Ayaklarından başlayan bu rahatlık hissi bacaklarına, oradan karnına ve kollarına doğru çıkıyor. Omuzlarında ve başında hissettiğin gevşeme, zihnini ve bedenini aynı frekansa getiriyor.

Her bakımdan kendinden emin ve rahatsın, mutlu ve huzurlu hissediyorsun. Ailen ve sevdiğin diğer insanlar tarafından sevildiğini hissediyorsun. Günlük hayatında, okul hayatında ya da özel hayatında kurduğun ilişkiler seni besliyor ve güçlendiriyor. Doğru seçimler yapmak için sana gereken şey sakin bir zihin. Biliyorum, çok fazla insan sana bakıyor. Herkes kendiyle iletişim kurmuş, bazen seni anlamıyorlar ya da bazen sen kendini anlatamıyorsun. Ama şu an sakinsin ve biliyorsun ki sakin kaldıkça güçleneceksin.

Şimdi, zihninin en derinlerinde seni rahatsız eden, ilişkilerinin kötü gideceğini söyleyen, mutlu olamayacağını düşündüren, bir daha onunla buluşamayacağını ya da kimsenin seni sevmediğini düşündüren tüm olumsuz düşünceleri yok edip yerine sağlıklı olanı yerleştireceğiz.

Eğer hazırsan buna izin vermeni istiyorum.

Şimdi derin bir nefes al ve gözlerin kapalı bir şekilde tekrar et.

- "Ben seviliyorum ve sevmeye hazırım."
- "Kurduğum ilişkiler beni mutlu ediyor ve kendimi güvende hissediyorum."
- "Hayatta kötü bir deneyim yok, sadece güçlenmem için bazen zor deneyimler olabilir."
- "Aldığım kararlar ailem ve sevdiklerim tarafından destekleniyor."
- "Ben, sağlıklı ilişki kurmak için hazırım."
- "Kendimi seviyorum."
- "Hayatı seviyorum."
- "Hayatın bana getireceği her şeyi kabul ediyorum ve seviyorum."

Sen bu sözleri söylerken, evrenin muhteşem yaratıcısı senin için benzersiz güzellikte planlar yapıyor.

Unutma, içinden geçirdiğin tüm güzel düşünceler, tüm güçlü düşünceler, yaşayacağın şeylere dönüşecek. Biliyorum, bazen zihnin başka şeyleri düşündürebilir ancak olumsuz düşündüğün için olumsuz deneyimler yaşamazsın, ancak olumlu düşündüğün için her şey olumlu olabilir.

Bu senin en güçlü anahtarın. Kendin için doğru olan ilişkiler kurmak, seni ruhen besler. Sana bu güzel duyguları yaşatan ilişkilerin değerini biliyorsun ve onları mutlu etmek seni de mutlu ediyor. Sen, muhteşem bir insansın.

Bazen umutsuz da olsan, en derinlerinde yatan umudu unutma. Çünkü onu ortaya çıkardığında, hayatın daha çok güçlenip bereketlenecek. Sen kendine söylediğin kadarsın. Ama ne kadar güçlü olduğunu da biliyorsun. Kendini hazır hissettiğinde gözlerini açabilir, senin için hazırlanmış olan bu muhteşem hayatın tadını çıkarabilirsin.

Özgüven Kazanmak İçin

Ne dersin özgüven üzerine bir yolculuğa çıkalım mı seninle?
∞∞∞∞∞

Bu meditasyonla gözle görülür bir özgüven yükselişi için ruhsal bir yolculuğa çıkacağız ama liderimiz sen olacaksın. Sakinleşmek ve sahip olduğun yeteneklere odaklanmak bu yolculuğun asıl amacı. Öncelikle rahatlamanı istiyorum, oturabilir veya uzanabilirsin.

Eğer hazırsan derin bir nefes al ve yavaşça ver. Her nefes alıp verişinde bedeninin biraz daha rahatladığını hisset ve nefesine odaklan. Başın rahatlıyor, saçların, alnın, yanakların tüm yüzünden boğazına, omuzlarına, göğsüne, karnına, ellerine, kalçana, bacaklarına doğru iniyor ve bu rahatlık ayak parmaklarına kadar tüm vücudunu rahatlatıyor.

Şu an bedeninle hissettiğin mekânda muhteşem bir uyum yaşıyorsun, sadece bu uyuma odaklan. Aradığın özgüven biliyorsun ki sende var. Belki yaşam deneyimlerin yüzünden zaman zaman ortaya çıkaramadın. Kaybedeceklerin, yanlış anlaşılmalar ya da karşındaki insanlar yüzünden özgüvenini sakladın.

Bu sende özgüven olmadığı anlamına gelmiyor. Şartlara ve durumlara göre değişen bir ruh hali içindesin. Şimdi tekrar derin bir nefes al, iyice uyumlan ve kendini hazır hissettiğinde şu telkinleri tekrar et.

- "Ben, muhteşem bir bedene ve kişiliğe sahibim."
- "Kendimi olduğum gibi seviyorum ve kabul ediyorum."
- "Şartlar ne olursa olsun cesurum ve kendime güveniyorum."
- "Şu yaşıma kadar kendime yettim, şu an da yetiyorum ve şu andan itibaren yetmeye devam edeceğim."

Tekrar derin bir nefes al ve yavaşça ver. Bu cümleler ruhunun en derinlerinde seni kamçılayan, harekete geçiren ve benlik değerini, saygını sağlayan cümleler.

Biliyorum yaşam çok hızlı, biliyorum kaygılar çok fazla. Önemli olan yaşadığın ilişki ya da başına gelen olaylar değil, senin onlara nasıl tepki vereceğin. Sen bu tepkileri verebilecek özgüvene sahipsin.

Annenden ya da babandan, yaşadığın mahalleden, büyüdüğün çevreden ya da deneyimlediğin ilişkilerden kazandığın olumsuzlukları bırak.

Sana özgüvenini kıracak tüm deneyimleri ya da olumsuzlukları yanlış anlattılar.

Evren muhteşemliğin içinde akmaya devam ediyor.

Özgüven, evren içinde dik duruştur.

Kimse senin özgüvenini kırmak istemiyor aslında, sen öyle zannediyorsun. Bazı insanlar zor, bazı insanlar kötü, bazı insanlar anlaşılmaz olabilir ama onlar özgüvenini kıramaz. Unutma özgüven kendine ne kadar inandığınla ilgili, o zaman inanmayı seçiyorsun. Tekrar derin bir nefes al.

Geçmişte kendini en özgüvenli hissettiğin bir ana götür.

Orası neresi? Ve şu an orada kimler var? Kendini görmeni istiyorum. Kendine dışarıdan bakmanı istiyorum. Kıyafetlerine, beden diline hatta mimiklerine kadar. Seni bu kadar özgüvenli yapan neydi? İyice odaklan.

Şimdi orada gördüğün özgüvenli fotoğrafı şu anki kendinin içine yerleştir. Geçmişte olan da sensin şimdiki olan da sen. Arada hiçbir fark yok, sadece zaman geçti. Bu geçen zaman içinde farklı deneyimler yaşamış olabilirsin ama özgüven hâlâ seninle. Şimdi o özgüvenli fotoğrafını gözünün önüne getirip kalın bir çerçevenin içine yerleştir. Çerçevenin şeklini, rengini, tasarımını sen belirle ve fotoğrafı iyice renklendir. Tüm renkleri, tüm duyguları hisset. Ve fotoğrafı yavaşça kendine doğru yaklaştır, yaklaştır, yaklaştır ve içinde kaybol.

Tüm vücudunun, tüm ruhunun en küçük parçasına kadar o özgüvenli fotoğrafın içinde kaybolduğunu düşün hücrelerine kadar ve tekrar derin bir nefes al, yavaşça ver.

Biraz sonra gözlerini açacak, tekrar gerçek dünyaya döneceksin ve hayatta başına iyi ya da kötü, kolay ya da zor, az ya da çok, birçok farklı olay gelecek ama o muhteşem özgüven hâlâ seninle.

Şunu kendine ilke edinip söz vermeni istiyorum:

- Başıma ne gelirse gelsin olayların ne olduğu, ne kadar büyük olduğu, ne kadar acı verdiği ya da zor olduğu özgüvenimle alakalı değil.

- Başıma her şey gelebilir. Bende her olayla baş edebilecek özgüven var.

- Olaylar beni yıkmak için değil, özgüvenimi daha da artırmak için başıma geliyor.

Tekrar derin bir nefes al ve özgüvenli bir şekilde yavaşça gözlerini aç.

ÜÇÜNCÜ BÖLÜM

KAYITSIZLIK

Zor zamanlardan geçiyoruz. Zor bir çağ. Muhtemelen düşüncelerimizin bile listesi değişmiştir. Sanki uzun zamandır belirsizlikle gelen çaresizlik duygusunu birbirimize anlatıp duruyoruz. Kimileri umudunu korumaya devam ediyor kimileri de *bir şeyler güzel olacak* dedikçe tam tersine kötü bir olay daha başlayıveriyor hayatında ve tekrar aşağı çekiliyor. Derin bir yalnızlık ve belirsizlik duygusuyla ilerliyoruz. Düne kadar kendini geliştirmek, kariyerinde yükselmek, maddiyatını artırmak için çabalayan insan, bugün yaşamla ölüm arasında bir hayatı biçimlendirmek durumunda. Dünya artık çok tehlikeli bir yer. Pandemi öncesinde belki birçok insanın yurt dışında yaşama hayali vardı; İstanbul'u terk edip İzmir'e yerleşirim diyenler, köyüne dönmenin hayalini kuranlar vardı. Onlar da gitti insanın elinden. Çünkü artık her yer tehlikeli. Hiçbir yerde güven yok. Hiçbir yer tam anlamıyla huzurlu değil. *Oraya gitsem sağlıklı olurum,* dediğimiz bir yer kalmadı.

Bu durum bizi pek çok anlamda değiştirdi. Olduğumuz yerdeki insanlara ya da şartlara aşırı bağlanmamıza neden oldu. İşine, ilişkine, hatta bir eşyaya... Sanki dünya ayağımızın altından kayıyormuş ve biz onu tutamıyormuşuz gibi bir his sardı hepimizi.

Aslında biliyor musun bu durum yeni değil. Uzun zamandır böyle hissediyor insan. Her şeye yansıyan bir his bu. Sanata, müziğe, iletişime... Kelimelerimizi değiştiriyor. Gerçek dünyadaki insanlarla daha az ilişki kurar hale getiriyor. Yüz yüze ilişkiler azaldığı için insanların kurduğu cümleler, betimlemeler, örneklemeler değişiyor. Sanal dünyada her geçen gün daha fazla vakit geçirildiği için daha fazla o dünyanın diliyle konuşuluyor. Bu durum duygularımızı da ele geçiriyor. Kayıtsız insanların çevremizde giderek çoğaldığını fark ediyoruz. Kendisinin dışında olan her şeye ilgisiz insan toplulukları var artık.

....

Başkasının acıları, problemleri
onların ilgisini çekmiyor.
Sadece kendisi kıymetli.
En değerli sadece o!
Sırada bekleyemez, önce onun işi görülmeli.
Onun çocuğu "büyük adam" olmalı!
Onun hayatı mükemmel gitmeli.
Herkes onu anlamalı!

....

Dikkatler hep ona anlayacağınız. Bu ciddi anlamda bir kayıtsızlık getiriyor. Umursamıyor artık olan biteni. Kendi derdini düşünmekten başka kimseyi düşünmüyor. Önce ben diyor, karşısındakilere değer vermemeye başlıyor. Tüm değerler onun için samimiyetsiz birer duygudan ibaret. Sadece çıkarları doğrultusunda samimiyetsiz ilişkiler geliştiriyor.

Sadece çıkarları doğrultusunda ilerleyen bir ilişkide neler olur peki? Dostlukta, arkadaşlıkta, iş ortaklığında, sevgili hayatında, evliliklerde, ilişkinin bütününde neler değişir? Samimiyetten uzak bir ilişki günümüzün hemen her ilişkisi gibi çabucak tüketilmez mi? Üç aydır tanıdığı bir insanı mahremine alma hali artmaz mı? Oysa önceden herhangi birini yatağına alman, onunla yastığı paylaşman için belki aylar geçmesi gerekiyordu. Kimi insan vardır sadece salonuna kadar girebilmelidir, kimi kapının eşiğinde beklemeli hatta içeri hiç girmemelidir. Kimi insan yatak odana kadar girebilmeli, kimisi senden istediği kadar borç alabilmelidir. Herkese aynı oranda kredi veremezsin yani. Bir banka herkese yüz bin lira kredi limiti veriyor mu? Gelirine göre bir değer biçiyor. Üç aydır tanıdığın o insanın senin hayatındaki değerini sordun mu hiç kendine? On yıllık dostunla aynı olabilir mi? Çocukluk arkadaşınla aynı değerde olması mümkün mü?

O zaman her insana aynı değerde
kredi vermek neden?

Herkesi hayatına hızla alıyorsan bu senin mutsuzluğunu gösterir. Çünkü sen o kadar çaresizsindir ki, yeni tanıştığın o insanı hemencecik benimsemeye çalışarak aslında bilmediğin açlığını doyurmaya çalışıyorsundur. Canım dostum, bir tanem, bilmem neyimin içi, bilmem neyimin köşesi... Bilmem neyimin bilmem neyi. Minnak, nannak, bebiş, beybi, beybo, tatlış, lokumum, kurabiyem... Kardeş kavramının da içini boşalttılar, dostluk kavramının da aşkın da, ailenin de... Her şeyin içini boşalttılar.

İnsan bir duyguyu aşırı abartıp söylüyorsa, onu yaşamıyordur ki... Kelimeleri süsleyip durmasının sebebi bundan. Kendini bir türlü tamamlayamıyordur. Görüntü olarak iyi gidiyor, ömrü uzuyor mesela ama zihninde bir yerde bir tıkanma var, onu aşamıyor.

Şimdi bir tırtıl olduğunu düşün.

Bir koza örmeye başlıyorsun kendine. O kozadan bir süre bekleyip çıktığında kelebek olacaksın ama kendini öldüren bir örümceğe dönüşüyorsun.

Çok aç bir örümceksin. Saldırgansın, zekisin, ağını çok mükemmel örüyorsun. Tuzaklarını kurmuş, avını bekliyorsun.

Aç ve öldürme arzusu yüksek bir örümcek.

Oysa öldürdüğünü sandığın her insanda kendini biraz daha öldürüyorsun. Avına düşürdüğünü sandığın her insanla yok oluşunu hızlandırıyorsun, farkında bile değilsin.

Kötülerin eninde sonunda kendini yemesi, kendini bitirmesi o yüzden değil mi?

Bir kelebeğin ortaya çıkışı sıkıntılıdır, seni de bir tırtıl gibi düşünelim. Önce tırtılsındır, dünyada sürünen bir canlısındır yani. Yeme içme arzun kuvvetlidir, sürekli genişlemek istersin. Toprakla bağın kuvvetlidir, doğaya yapışa yapışa ilerlersin. Yeme içmeden başka bir amacın pek yoktur, dünyaya bir yararın olduğu da söylenemez. Bir gün sana başka bir şey vaat edilir. Toprağa yapışmak zorunda olmadığın, gökyüzünde süzülebileceğin kulağına fısıldanır. Önce inanmazsın. Demek özgür olacağım? Demek uçabileceğim? Demek mutlu olacağım? Çok büyük bir vaat değil mi?

Bir yandan bakıyorsun yeryüzü de sana iyi geliyor. Yiyip içiyorsun, sürekli genişliyorsun. Sakin sakin toprakta ilerliyorsun, aman aman enerji sarf etmen de gerekmiyor. Sana vaat edilen uçuşu yapman içinse bir bedel ödemen gerekecek. Okuman, gelişmen, yeme içme arzunu dizginlemen, daha azla yetinmen... Aklını kullanman, belki parayı ve şehveti, iştahı azaltman gerekecek. İnsan için bu o kadar zor ki!

Dünyadan kopup yükselebilmek, özgürleşebilmek öyle büyük bir sınav ki... Zaten arzusunun altında tamamlanmamış bir çocukluk, ergenlik yatıyor. Diyete başlayıp iki gün sonra vazgeçmeye benzemiyor da bu değişim. Ciddi bir bedel ödenmeli. Tırtıldan kelebeğe dönüş yolculuğu bir kişilik değişimi gerektiriyor, hiç kolay değil anlayacağınız. O yolculuk boyunca ne kadar geçmişe gidebilecek, ne kadar kendisiyle yüzleşecek çok önemli. O tırtılın tırmandığı dalın bir tarafında bir gün, bir an, bir saat, bir dakika, o saniye durması gerekecek. Her şeyden vazgeçercesine, yemeden içmeden, yok olmaktan korkmadan, ölmeyi göze alarak değişmesi gerekecek. Ölmeden ölmesi şart.

İnsan ölmeden nasıl ölür? "Ölmeden ölmek olmaz: filozof bildikçe ölür, derviş öldükçe bilir," diyor Dücane Cündioğlu. *Ölümün Dört Rengi** kitabında ölmeden ölmeyi renkler üzerinden anlatıyor. Kırmızı ölüm, şehvetin ölümüdür diyor. Hırs ve ihtirasların. Alışkanlıkların ve alışkanlıklardan dolayı oluşmuş yakınlıkların. Beyaz ölüm, iştahın, tokluğun, tıkınmanın ölümüdür diyor. Beyaz ölüm, yemeden içmeden bile bile kesilmenin, özgürlüğün, açlığı tatmanın, açlığın lezzetine kavuşmanın adıdır.

Yeşil ölüm, kıyafetin ölümüdür. Giyimden kuşamdan uzaklaşmanın, libası terk etmenin. Sadece bedeni değil, kalbi örten giysileri de çıkarmaktır diyor yeşil ölüm için. Makamdan, mevkiden, rütbe ve unvanlardan soyunup halk karşısında çıplak kalmaktır. İsimsizliktir, şöhretsizliktir.

Ölümün son rengi ise siyah ölümdür diyor. Kurtulmak, ayrılmak, kaçınmak, yapmamak artık söz konusu değil siyah ölümde. Halkın arasına girmek, halkın içinde yaşamak, halkın ıstırabını yüklenmektir. Kendinden, derviş kibrinden, yalnızlığının keyfinden uzak durmak. Ezilmek, çiğnenmek, kendi gönlünle baş başa kalmaktan vazgeçmek. Zaten ölmüş olanın ölümüdür siyah ölüm.

....

Dolayısıyla kimlikleri öldürmek gerekiyor.

....

Tırtılın da işte buna karar vermesi lazım. Kimliklerini öldürüp yeni bir ben çıkarabilecek mi kendisinden? Bir süre o kılıfının içinde kalıp kendi depresyonunu yaşayıp gerçekleriyle yüzleşebilecek mi? Bir başkasına dönüşecek mi orada? Bir tırtıldan kelebek olabilecek mi? Yani bir insandan bir yeni insana dönüşebilecek misin? Dönüşürsen gökyüzüne doğru uçacaksın. Gerçekten uçtuğunda ölmeden öleceksin. Kabuğunu atacak, kılık değiştireceksin. Ama günün sonunda insandan başka bir şeye

---

* Dücane Cündioğlu, *Ölümün Dört Rengi*, Kapı Yayınları, 2018.

dönüşmeyeceksin. Yani kelebek ömrü gibi kısacıksa hayat, kelebeğin de hakkını vermek gerekiyor.

....

Mutluluk yeryüzüne basan ayaklarımız değil, yeryüzündeki ayaklarımızı gökyüzüne yapıştırabilmektir.

....

Ters bir şekilde aşağı doğru bakabilmek, yani gökyüzünde yürümektir. İnsan olmak kayıtsız olmak değil kayıtlı olmak demektir. Acıtsa da her şeyin farkında olabilmek demek, dünyadaki yerini algılayabilmek, dünyayı algılayabilmek, insanı tanıyabilmek demektir. İnsan olmak, o kibri, güç arzusunu eninde sonunda törpüleyebilmek demektir.

Bir röportajda çocuğa hayattan beklentin ne, diye soruyorlar. Çocuk hiçbir şey, diye cevap veriyor. Hayattan hiçbir beklentisi olmayan bir çocuk. İşte tüm meselemizi özetleyen cevap da bu. Kayıtsızlık. Çocukların, gençlerin çoğunda bu kayıtsızlık var. Kendilerini ilgilendirmeyen, kendilerine dokunmayan olayların çoğuna karşı ilgisizler. Bir çemberin içinde yaşıyorlar. O sıkışık hayatlarının içinde debelenip duruyorlar. Hayal bile kuramıyorlar. Hayal kurmayan, kuramayan çocuk, genç olur mu? Bakın artık oluyor...

Özellikle pandemiyle beraber ciddi bir dönüşüm yaşanıyor. O gençlerin, o çocukların anne ve babaları onlara göre dış dünyaya daha az kayıtsız kalan kişilerdi. Fakat evin içine hapsolma hali ve o çaresizlik hissi kendisinin dışında herkese ve her şeye karşı insanı kayıtsız hale getirdi. Bazı kuramcılar bu kayıtsızlık halini beynin geçici olarak kendini dinlendirmesi olarak yorumluyorlar. Ne kadar az şeye temas eder ve ne kadar az şey bilirsem o kadar hayatta kalabilirim, daha az acı çekerim, ölme ihtimalim azalır, üzülmem, daralmam, bunalmam, incinmem... Bir tür merdümgiriz!

Bazı dönemler için çok iyi bir baş etme yöntemi olabilir fakat kalıcı olursa çileden öteye götürmez insanı. Tehlikelidir ve bir süre sonra en çok kişinin kendisine zararı dokunur. Bu nedenle farkındalık yani geçiş sürecinin neye dönüştüğünün farkında olunması çok önemli. İnsanın adım adım kendini izleyebilmesi ciddi bir çaba ve emek gerektiriyor. Arada bir kafasını topraktan dışarı çıkarıp etrafa bakması ve tekrar içeri sokması şart ki o kayıtsızlık hali kalıcı bir duruma dönüşmesin.

Bazen bir insanın ne kadar kayıtsız kalabileceğini soruyorlar bana. Bir insanın kayıtsızlığının bir süresi olmalı, çevresindeki acılara, yardım çığlıklarına, çevresindeki problemlere ne kadar kulak tıkarsa tıkasın eninde sonunda duymak zorunda kalacak, diye iddia ediyorlar. Yok öyle bir şey! Haberleri izliyoruz. Dünyanın türlü bölgelerinden onlarca acı haber gözlerimizin önüne getiriliyor. O insanların acılarını bir bir hissettiğimizi düşünüyoruz. Ekranın başında ağladığımız oluyor. Fakat bir süre sonra o acılı haberler tekrarlandıkça acı çekmeyi, daha fazla cinayet haberini, daha fazla savaş haberini, göçmenleri, evsizleri, açları ve acı çeken çocukları duymak, görmek ve bilmek istemeyecek o raddeye geliyorsun. Kaldıramıyorsun. İşte böylece senin kayıtsızlık mekanizman devreye girmiş oluyor.

"Ne kadar az bilirsem o kadar az acı çekerim."

"Ne kadar az izlersem o kadar az ağlarım. O kadar az üzülürüm, kalbim kırılır, öfkelenirim..."

Tüm olumsuz duygulardan korunmanın yolunu kayıtsızlıkta bulmak. Bir süre sonra görüntülerden vazgeçtiğin gibi seslerden de vazgeçmek. Bir süre sonra görüntülerden, seslerden vazgeçtiğin gibi konuşmaktan da vazgeçmek. Bananecilik... Kayıtsızlık... Sonra da kendi kendini dinleyen bireyler ortaya çıkıyor. Merdümgirizler...

....

Bir diyalog yok, ortak bir mimik yok, ortak bir dil yok. Hep bir monolog hali.

....

Herkes çocuk gibi oyun oynuyor birbiriyle. Çocuklardan tek farkları aradaki samimiyetsizlik, oysa çocuklar tüm samimiyeti, öfkesi, neşesi, mutluluğu ve korkusuyla oyuna dâhildir. Yetişkinlerdeki tam anlamıyla bir rol kesme. Uzaktan bakınca bir ilişki var, yakına bir giriyorsun hiç kimsenin kimseyle bir ilişkisi yok. Herkes sadece kendi sesini duyuyor, herkes kendi acılarının, kendi hazlarının, kendi arzularının, kendi öfkelerinin, korkularının sesini dinliyor. Kendi sesin yüksek olduğu için başkalarının sesini duymaz oluyorsun. İşte bu da ilişkisizlik oluyor. Bir sokak kedisine dokunurken, onu severken bir yandan da onu korumakla yükümlüsün. Yok saydığın an işler değişiyor. Aç bir kedinin yanından günde kaç kişi geçip gidiyordur sizce? O kediyi gördü, kayıtsız olduğu için geçip gitti. İyi de kaç kişi? Bir, iki, üç, on dört, elli beş, kaç kişi görmezden geldi? Görmezden geldi, çünkü onun öncelikleri başkaydı. İyi de kaç kişiydiler? Bu sayıların içinde sen de var mısın? Zihninde onun için herkesten ve her şeyden önce gelen bir liste var biliyorum. Oysa sen unutursan, ben unutursam, o unutursa kedinin hali ne olur? Sokak hayvanlarının derdi bitmiyor. İşte bu sebeplerden...

Gerçekten iyi bir insan olmak isteyen çaba gösterir. Olan bitene kayıtsız kalmamak bizim temel sorumluluğumuz olmalı. Ancak bu da ani reaksiyonlar şeklinde tezahür etmemeli. Aklımıza gelen ilk düşünce ya da duygularla asla. Ezber tavırlarla asla. Alışkanlık dünyasının getirdiği hallerden uzak kalarak. Biraz daha durarak, düşünerek, her açıdan bakmaya çalışarak ya da karşıt bir fikri dinlemeye ve onu anlamaya çalışarak olmalı. Kendisi gibi düşünmeyen ve inanmayandan korkarak değil. Öfke, saldırganlık ve aldırmazlığın bir korkunun göstergesi olduğunu bilerek. İnsan zıddını bilmeden kendini bilemez. Beyazı sevmesinin sebebidir siyah. Siyahın varlığı beyazı beyaz yapandır. Beyazı anlamlı kılan tam karşısında duran siyahtır. Tek bir sistem olsun, tek bir din, tek bir düşünce, birebir aynı kurallar silsilesi, herkes aynı duygulardan geçsin, herkes aynı paraya sahip olsun, aynı imkânlarda yaşasın, mümkün mü? Bu haliyle bir dizi bile çekilemez. Hayatın içinde, bir öyküde, romanda, şarkıda çatışma olmadan bir amaç olamaz...

Afrika'daki bir çocuğa bakıp dünyanın adaleti sorgulanıyor bir taraftan da. Aslında Tanrı'nın adaleti sorgulanan. İyi de hikâyenin başlangıcında o elmayı yeme demediler mi? Cennette sonsuz zamanda yaşayabilirsin demediler mi? İnsan ne yaptı? Elmayı yiyerek cennetten kovuldu. Tanrı senin ne yapacağına karışmıyor ki. "Bu da var," diyor ."Bu da var, hangisini istiyorsun? Git ama sonuçlarına da katlan..." O halde adaletsiz olan dünya mı yoksa insanın dünyasındaki bir adaletsizlikten mi bahsetmek daha doğru olur? Dünya adaletsiz bir yer değil, insandaki dünyada adaletsizlik var.

İki kardeş olduğunuzu düşünün. Baban sana haftalık 50 lira, kardeşine de 25 lira veriyor. Gün geliyor iki kardeşi de yanına çağırıyor. Bundan sonra sana 150, kardeşine de 170 lira vereceğim diyor. Sen 50'den 150'ye çıkan harçlığına bakmıyorsun da kardeşine fazladan verilen 20 liranın peşine düşüyorsun. Önceden kardeşim benim harçlığımın yarısını alıyordu diye bir gün bile sorgulamazken, babanın adaletini tek bir gün bile sorgulamamışken, kardeşin senden 20 lira fazla aldı diye bunun adaletsizlik olduğuna karar veriyorsun. O zaman senin gözün hep bir başkasının cebinde. Kendi cebindeki paraya şükretmeyi çoktan bırakmışsın. Bu durumda kim adaletsiz ayırabiliyor musun?

İnsan ne kadar öldürme arzusu var, ne kadar yaşatma arzusu duyuyor bunun ayırdına iyi varmalı. Çünkü kayıtsızlık halinin sona ermesi için insanın kendi içinde yaşatma arzusunun da kuvvetli olması gerekiyor.

- Bir başkasına yardım et!
- Bir diğerine izin ver!
- Bir başkasının gülümsemesini sağla!
- İnsanların güvenini kazan!
- Bir başkasının oluşunu izle!
- Karşındaki insana değer kat!
- Sende var olanı paylaş!
- Başkalarının hayatına gönülden ortak ol!

Bunlar kayıtsızlıktan çıkmanın önkoşulları. Aynı şekilde kendisini de geliştirdikçe çoğalacağını bilerek adım atmalı insan. Hangi dilden, hangi dinden, hangi cinsiyetten, milletten, köyden, kasabadan olduğunun bir önemi kalmayıncaya kadar, sadece karşındakinin insan yahut canlı olduğunu hatırlayarak. Kayıtlı günler dilerim...

KAYITSIZLIK DUYGUSUNU GİDEREBİLECEK MEDİTASYONLAR

Odaklanma

Biliyorum, yapmayı planladığın bir sürü iş var. Mutlu olmayı planladığın ilişkiler hayal ediyorsun. Başarılı olmak istiyorsun. İyi bir kariyerin olmasını diliyorsun. Bir yandan da konsantrasyon problemi yaşıyorsun. İki cümleden sonra okuduğunu anlamıyor, bir konuya odaklanamıyor ve yeterince yaratıcı düşünemediğini fark ediyorsun.

Hayatın uyaranlarına rağmen bizim odağımızı maksimum seviyede tutmamız, başarmamız gerekiyor.

Güne başlarken, gün içinde yapacağımız şeyleri imgelemek ve onlara en başından odaklanmak, gün içinde zihnimizi daha güçlü tutmamız için bize gerekli. Bize gereken bu gücü anahtar şeklinde kullanacağız.

Hazır mısın? O zaman güne başlamadan önce, sen zihnen hayata başla.

Şimdi, derin bir nefes alıp yavaşça vermeni istiyorum. Öncelikle rahat bir yerde oturduğundan ya da istersen uzandığından emin ol. Eminsen, derin nefes almaya ve nefesin tüm vücuduna yayıldığını hissetmeye başlayabilirsin. Kendini hazır hissettiğinde yavaşça gözlerini kapatabilirsin.

Şu an bedenin ve zihnin uyum içinde. Bu öyle bir uyum ki, birbirinden ayrılmayan, birbirini destekleyen ve memnun olan bir ilişki. Aldığın nefesin tüm bedeninde dolaştığını hisset.

Şu an nefesine odaklanmanı istiyorum, omuzlarından sırtına, kollarından ellerine kadar hisset. Eğer nefesine odağını verebilirsen, gün içinde yapacağın tüm işlerde odağın seninle olacak. Şu an önünde hiçbir engel yok, ara ara gelen olumsuz düşünceleri ya da endişeleri yavaşça bırak. Harikasın. Şu an yapman gerekenlerle ilgili hazırsın.

Zihnini, tertemiz ve sakin tutmak konusunda bir ustasın. Şimdi hazırsan seni, gün içinde odaklı tutacak telkinleri okuyabilirsin:

- "Sakinim ve istediğim her şeye dilediğim kadar odaklanabiliyorum."
- "Şu andayım ve evrenin yaratıcısına sonsuz güveniyorum."
- "Hayat bir sakinlik içinde akıyor, ben de gerekli konsantrasyon ve dikkate sahibim."
- "Önceliklerimi belirlemek, benim için kolay."
- "Bugün ne olursa olsun, odaktayım."

Şimdi tekrar dikkatini nefesine vermeni istiyorum.

Bu sözlerin enerjisi, bedeninde ve zihninde dolaşırken gün içinde planladığın her şey kendiliğinden öncelik sırasına girecek.

Her birine odaklanman için yeteri kadar zamanın ve enerjin var. Unutma, zaman hızlı gitmiyor, bazen biz hızlı düşünüyoruz.

Bu meditasyonu istediğin zaman tekrar deneyimleyebilirsin. Çünkü sen, odaklandığın şeylerde, muhteşem bir enerjiye dönüşüyorsun.

....

Özgüvenli, cesaretli ve umutlusun.

....

Tekrar derin bir nefes al ve yavaşça ver.

Biraz sonra gözlerini açacaksın, açtığın andan itibaren kendine söylediğin telkinler, gün boyunca seninle olacak.

Unutma, sen, düşündüğün kadarsın ve bugün en muhteşem düşünceye ulaşacaksın çünkü sen, harikasın. Şimdi gözlerini yavaşça açabilirsin.

Ertelememe

Seninle "erteleme" üzerine tatlı bir yolculuğa çıkacağız. Biliyorum, çok kalabalık bir hayat, sorumluluklar çok fazla, trafik çok sıkışık. Yapman gereken o kadar çok şey var ki, bazen öncelikler değişebiliyor ve kendini unutabiliyorsun. Bize zor gelen şeyler genelde hep faydalı ama biz bazen kendimizi ihmal ediyoruz. Bazen de yapsam ne olacak ki, diyerek erteleyip duruyoruz. Sanki hayatta hiçbir şeyi değiştiremeyecekmişiz gibi.

....

Oysa hayat ertelemeyi pek sevmez.
Hak ettiklerini yaşamın bazı duraklarına
bırakır.

....

Aslında hiçbir hayal senden uzaklaşmıyor. Sen erteledikçe gidemiyorsun. Şimdi ertelemekten kurtulmak için tatlı bir yolculuğa çıkalım.

Önce derin bir nefes almanı istiyorum ve nefesi verirken bütün vücudunun rahatladığını hisset. İstersen otur, müsaitsen uzan ama rahat ol. Sadece nefesin var ve sen havanın kendisisin, burun deliklerinden çekiyorsun, soluk borundan bütün vücuduna akıp gidiyor. Aldığın en önemli hediye bu nefes ve tüm vücudunu rahatlatıyor. Şimdi yavaşça gözlerini kapat ve olmak istediğin ve olduğun an, kendini ait hissettiğin bir yere git. Orası en güçlü olduğun alan, kendine saygı duyduğun, kendini değerli hissettiğin ve yaşadığın için teşekkür ettiğin bir yer.

Her bir deneyim tatmin ediyor ve sen büyüyorsun, büyümenin bedeli var. Yapman gerekenler, sorumluluklar, hayaller, hedefler... Bazen küstüğün, yorulduğun yerler var. Şimdi oraları görmeye çalış ve oradaki kendine bak, ne hissediyorsun?

Bir ihmal. Oradaki kendine şunları söyle:

"Sen değerlisin ve her şeyi planlayacak, zamanı geldiğinde yapacak bir güce sahipsin."

"Sen, küçük ya da büyük her deneyiminde insanlığa faydalı olacaksın, vazgeçme."

Tekrar derin bir nefes al ve yavaşça ver. Şimdi başka bir yere gideceğiz. İstediğin ormana, doğayla iç içe olacaksın. Sadece ağaçların, çiçeklerin, kuşların ve senin olduğun bir yerdesin. Evren en canlı haliyle seninle.

Doğayı izliyorsun.

Hiçbir kuş uçmaktan vazgeçmiyor.

Güneş, ışığını yansıtmaktan kaçınmıyor.

Çiçekler, açıp kapanmaktan vazgeçmiyor.

Eğer hayalinin içinde bir deniz varsa onu da izle.

Denizi izliyorsun.

Dalgalar kumsala gelip gitmekten vazgeçmiyor.

Balıklar, bugün de hiç yüzmek istemiyorum, demiyor.

Ufuk ufukluğunu, yakamoz yakamozluğunu yapıyor.

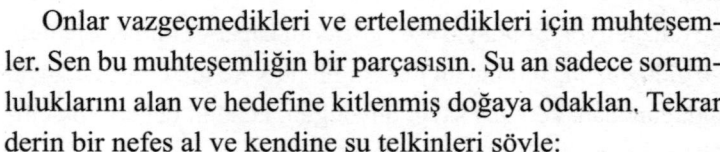 Onlar vazgeçmedikleri ve ertelemedikleri için muhteşemler. Sen bu muhteşemliğin bir parçasısın. Şu an sadece sorumluluklarını alan ve hedefine kitlenmiş doğaya odaklan. Tekrar derin bir nefes al ve kendine şu telkinleri söyle:

- "Yapmam gereken her şeyin farkındayım."
- "Hazlarımı erteleyip bana zor gelen şeyleri hemen eyleme geçireceğim."
- "Erteleyeceklerimi ve öncelik vereceklerimi biliyorum."

- "Kendimi umutsuz, yalnız, çaresiz ve başarısız hissettiğim anlarda yapmam gereken tek şeyin kendime güvenmek olduğunun farkındayım."

- "Gözlerimi açtıktan sonra önceliklerimi tekrar düşüneceğim."

- "Zamanımı, paramı ve düşüncelerimi gereksiz harcadığım yerleri azaltmayı kabul ediyorum."

- "Ne pahasına olursa olsun önce fayda sonra haz diyorum."

Şimdi tekrar derin bir nefes al ve şu an olduğun yere gel. Ya bir koltukta ya da yataktasın, bulunduğun odayı hisset. Şimdiki andasın. Az önce yaptığın meditasyondaki tüm duygu durumlarını gerçekteki kendine yerleştir ve yavaşça gözlerini aç.

Unutma, neyi erteleyip neyi ertelemeyeceğini yalnızca sen biliyorsun. Bunu yapman için tek bir anahtarın var, o kapıdan içeri girmek ve anahtara izin vermek.

Sabah Uyandığında

Bugün seninle birlikte tüm gün yaşayacağın en güzel anlar için bir yolculuğa çıkalım mı? Biliyorum, kafanda bir sürü plan var. Yapmak istediklerin ya da yapman gerekenler. Erteleyip bir türlü harekete geçmediğin konular da cabası... Hepsini sakin ve güvenli bir şekilde tamamlamak ister misin? O zaman yatağındaysan uzanmaya devam et. Tüm vücudunu hisset, derin bir nefes alıp vücudunu rahatlatmanı istiyorum. Parmak uçlarından ellerine, kollarından omuzlarına, omuzlarından boğazına oradan çenene, burnuna ve alnına doğru yükselen ve her bir hücrene mutluluk yayan enerjiyi hisset. Orası önbeyin, tüm kararların verildiği alan. Duygularından ve aklından gelen sesi dinleyen, olması gereken zamanda olması gereken tepkiyi gösteren en muhteşem alan. Sen sakin kaldıkça, güvende hissettikçe ve olumlu düşündükçe önbeyin daha da aktifleşecek.

Şimdi bugünü nasıl geçirmek istediğini düşün. Bunun kararını sen vereceksin çünkü az önce gün senin için başladı. O halde güne hazırsın. Neler giyeceksin? Nasıl görünüyorsun şu an? Gün içinde yapacaklarını düşün. İş yerine mi gideceksin? Bir arkadaşınla mı buluşacaksın; belki önemli bir dersin var okulda, belki de çözmen gereken bir problemi gün içinde halletmen gerekiyor. Belki de yapacak hiçbir şeyin yok bugün. Olsun, sen varsın. Evde ya da dışarıda, gün içinde yaşayacağın hiçbir gerginlik seni etkilemeyecek.

Sen, olumlu düşündüğün için, sakin olduğun için, evrenin yaratıcısı tarafından korunuyorsun. Ağaçlar, yollar, binalar, hayvanlar, doğa, sokak, cadde her şey bugün sen güne başladığın için var ve hepsini kullanacaksın.

Düşünsene, işe gitmek için yolların var. Para kazanmak için işin. Sosyalleşmek için arkadaşların ya da hava almak için muhteşem bir gökyüzüne sahipsin.

Tüm evren sen ona katıl diye hazırlandı, bunu reddedemezsin. Şimdi derin bir nefes alıp kendini iyice güvende hisset. Sen bu günün içinde her anın efendisi olacaksın. Gücünü evrenin yaratıcısı tarafından alıyorsun, her şey muhteşem. Tabii ki problemler olabilir. Bazen çok beklemen de gerekebilir. İnsanlarla sorun da yaşayabilirsin ya da bazen hava istediğin gibi olmayabilir. Trafik sıkışır, birden yağmura yakalanırsın ama sen, aynı kalacaksın.

Seni yoran, günün sana getirdikleri değil önüne gelenlerle bazen ne yapacağını bilememek. O yüzden aşağıdaki telkinleri tekrarlamanı istiyorum:

- "Bugünün bana getireceklerine hazırım."
- "Varlığımın ve yapabileceklerimin farkındayım, kendimi güçlü hissediyorum."
- "Evren bana hazır olduğu kadar ben de tüm evrene hazırım."
- "Bugün başıma neler gelecek bilmiyorum ama çok sakin ve cesur bir zihinle olanları karşılayacağım."

Şimdi derin bir nefes al ve yavaşça ver. Gün içinde kendini ne zaman zorda ya da kötü hissedersen, bu sözleri aklına getir. Sen durup düşünen muhteşem bir zihne dönüşeceksin. İçindeki sakinlik ve huzur her daim seninle birlikte olacak.

Şimdi istersen neler yapman gerektiğine odaklanalım, hadi düşün. Bugünün o gün olması için neler yapmayı düşünüyorsun?

Hangi duyguyla güne başlayacaksın?

İçine biraz sabır katalım mı?

Biraz özgüven, hafifçe bir dik duruş, sakinlik, adalet, cesaret ve pozitif bir zihin.

Eğer çantana bu güzel duyguları doldurduysan güne hazırsın

demektir. Tekrar derin bir nefes al ve ver. Gözlerini açmadan önce sana bu fırsatları veren Allah'a şükrediyorsun. Yavaşça gözlerini açabilirsin ya da gözlerin kapalı bir şekilde devam edebilirsin. Gün, istediğin zaman başlayacak.

DÖRDÜNCÜ BÖLÜM

YÜZLEŞME

Yüzleşmek için bilerek acıda kalmak lazım.
Acının içinden geçmeden bir aydınlanma yaşayamazsın.
Nasıl olacak peki?

...

Geçmişe gidip bir acıyla yüzleşmek nasıl olacak?

A. Kapışmak

İnsan hayatındaki çaresizliğin, mutsuzluğun, yetersizliğin, değersizliğin sebebini aramaktansa uyuşmayı tercih ediyor. Şöyle bir çare olsa, ben de ona kolayca ulaşsam ve acılarım sona erse, ertelense, yok olsa, unutulsa... Çözümü dışarıda bir yerlerde arıyor. İnsanın en zor katlandığı kişi kendisi galiba, her şey bu kısırdöngüden geliyor.

Yüzleşmek ağırdır. Bazen anlatılamayacak kadar ve bazen üzerine espriler yapılamayacak kadar gerçek ve ağırdır. Bazen unutmak isteyecek kadar ağır... Kendinizle yüzleşme konusunu uzun zamandır erteliyor olmalısınız. Pandemi bu kaçışı kiminiz için zorlaştırdı, kiminiz kaçamadı kendi aynasına bakmak zorunda kaldı. Hayat pandemiden önce öyle hızlı akıyordu ki, bırakın yüzleşmeyi hiçbir konuya, insana yetemiyorduk. Hemencecik

111

akşam oluyordu, akşamlar hemencecik bitiyordu. Buluşmalar bir dakika kadar kısa ve eve gelip yatmaya kadar geçirilen süre an gibiydi. Sonra bir lanet gibi mi algılıyorsunuz yoksa bir lütuf gibi mi size kalmış, dünyaya bir şey oldu. Evlerin içinde koca koca zamanların içine sıkışıverdik. İşe gitmek yok, bakkala gitmek yok, arkadaşla bir kahve içmek yok. Meğer 24 saat ne uzunmuş! Zamanın akışı yavaşlayınca, önceleri içimizde ölümle yüzleşmenin paniği olsa da günler pek eğlenceliydi. Evden çıkmadan yapılan ekmekler, pideler, kekler, börekler. Her şeyi evin içinde halletmeye çalışmalar. Uyandıktan yatana kadar temizlenen prizler, mutfaklar, halılar, zeminler, eller, yüzler... Güvenli alandaymışız gibi ama güvenli değil. Zaman bolmuş gibi ama zaman yok. Yaşadıklarımızla kalıvermiştik, hatırlasanıza! Gezdiğin, gördüğün kadardı artık hayat. Bir sene öncesine kadar bir tatile gitmişliğin varsa ne âlâ! Âşık olmuşsan ne âlâ! Sevdiklerine sarılmışsan ne âlâ!

Sonra? Sonra zaman acımasızca uzayıverdi. Ev temizlemek istemediniz. Film izlemekten bıktınız. Ekmek de yapmayıvereyim ne olacak demeye başladınız. Kitap okuyacak mecaliniz de yoktu, odaklanamadınız. Uyumak uyumak değil, uyanıklık uyanıklık değil. Bir sıkışmışlık hali...

Hayatın hızlı aktığı günlerde gerginliğinizi, mutsuzluğunuzu, kaygılarınızı ve korkularınızı muhtemelen sosyalleşerek öteliyor, bir kenara bırakıyor, üzerinde de çok durmuyordunuz. Tüm sevişmelerin, dans etmelerin, buluşmaların, toplanmaların, yapılan günlerin, edilen kavgaların, tartışmaların, çekilen halayların, kafelerde oturmaların tek sebebi en derinde kendinizi avutmak içindi. Hepsi gözle görülmeyen, mini minnacık bir virüsün tüm dünyayı kasıp kavurmasıyla geride kaldı. Birdenbire kendinizle baş başa olduğunuzu fark ettiniz. Artık kendinizi, geçmişinizi, öfkelerinizi, sizden gidenleri, sizin gittiklerinizi düşünecek bolca vaktiniz vardı. Bunun dışında ölüm gerçeğini nasıl atlayabiliriz?

Milyarlarca insan gündelik yaşamında aklına çok ama çok

az getirdiği bir kavramla, ölümle, tanışmak durumunda kaldı. Ölüm gerçeğiyle yüzleşmek en az kendinizle yüzleşmek kadar zordu. Ölüm korkusu ne yaparsak yapalım peşimizi bırakmadı. Para yetmedi, şöhret yetmedi, eş, dost, akraba, çocuk yetmedi. İdeolojiler, komplo teorileri, kimilerine inancı yetmedi. Pek çok insan hayatı boyunca hiç durmadığı kadar durdu. Koltuğunda, yatağında, balkondaki sandalyesinde, öylece durdu. İşte o durma hali beraberinde yüzleşmeyi getirdi. Hiç de kolay olmadı, siz de benim kadar biliyorsunuz.

İçime döneyim, o günleri hatırayayım, yok kendimi seveyim, kendimi anlayayım, dur kendimle yüzleşeyim. Değil. Temeli çok derin ve ağır aslında. Kendimizle baş başa kalışımız alışmadığımız halimizle yüzleşmemize neden oldu. Bir gün bir olay olur, çok öfkelenirsin o anda; sonrasında o duygu senden geçip gider. Bir başka olay yaşarsın, saatlerce o duygunun içinde takılıp kalırsın. O olayı kiminle yaşadığının da bir önemi yoktur. Bu duygu sana geçmişinden mirastır, yalnızca bunu fark etmezsin.

Hayatta üç gerçek acı vardır diye Erich Fromm boşuna dememiş. Bir ölüm, kalanlar için. İki, çaresiz hastalıklar ve üç, yüzleşmek. Kendinle yüzleşmeye hazır mısın gerçekten?

Çünkü haz dünyan buna izin vermeyecek. O duyguyu taşıyamadığın an bir şeyler yemek, içmek, sevişmek, araba kullanmak, koşturmak, telefona dalmak, televizyon izlemek yani bir şeylerin peşinden koşmak, kaçmak isteyeceksin.

Mutsuzluğumuz derinleşince tatile gideriz, değil mi? Alışveriş yaparız, kendimizi o an iyi hissettirecek kıyafetler giyeriz. Bir ilişkiye başlarız. Haz yaşarız yani, acının yerine hazzı koyarız. Oysa tam bir yüzleşmede acıyla bütünleşmen gerekir. Acının içindeyken mutlu olmayacağını bilmen lazım. Kendimle yüzleştim, bana çok iyi demekle yüzleşme gerçekleşmiş olmuyor. Bana çok ağır geldi demeniz lazım, öyle bir his bırakmalı o yüzleşme sizde.

Haz yaşarım, acıdan kaçarım, diyebilirsiniz ancak yüzleşmek için acının içine girmek ve bilerek acıda kalmak lazım. Acının içindeyken mutlu olunmayacak, öyle bir dünya yok. Bana iyi geldi, derseniz bu yüzleşme olmuyor. Bana çok kötü geldi, kaldıramadım, dediğiniz anda bu yüzleşme oluyor işte. Ona hazır mısınız? Nasıl bir aileyle yaşadınız bilemiyorum. Belki şiddet gördünüz, belki tacize uğradınız, belki yok sayıldınız, itildiniz, sevilmediniz. Belki anne ve babanız ayrıydı. Annen kaygılı bir tipti ya da korkuları çok bir kadındı. Baban öfkeli bir adamdı belki ya da duygularını ifade edemeyen, mesafeli biriydi. Sert bir adamdı belki de size hep sert davrandı. Tüm bunlar bilinçdışında kitlesel olarak aktarılarak size kadar geldi. Annenle babanın hikâyesi oldu. Şimdi de sizin hikâyenize eklenmek istiyor. Babanızın mesafeli duruşu yüzünden şimdiki ilişkilerinizde de hep sevilme ihtiyacıyla birilerinin peşinden koşuyor olabilirsiniz şu anda. Sırf size tanıdık geliyor diye öfkeli bir adamın kahrını çekiyor olabilirsiniz. Sırf öyle gördüğünüz için partnerinize yardım etmek aklınıza bile gelmiyor olabilir. Doğrusu nasıl olur bilmediğiniz için sevdiğiniz insana ihtiyacı olan ilgiyi aslında göstermiyor olabilirsiniz. Sevginin türlü yüzlerinden en beceriksizini gördüğünüzü fark etmediğiniz için birini doğru yollardan sevmeyi beceremediğinizi belki de bilmiyorsunuz. Ebeveynlerinizle kurduğunuz daha doğrusu bir türlü kuramadığınız o bağ yüzünden şimdiki ilişkilerinizde bağlanma sorunu yaşıyor olabilirsiniz.

İş hayatınızda, özel hayatınızda, sosyal hayatınızda yaşadığınız problemleri hatırlayın. İşte o sıkışıp kaldığınız yer var ya, o duygunun kökenini bulmanız gerekiyor. Orada kötü bir duygu olduğunu biliyor ve o duygudan kaçmak istiyorsunuz. O yüzden de insan bir arayışın içinde. Daha iyi bir eş, daha iyi bir hayat, farklı insanlar... Oysa hiç kimse yapıp ettiklerinin pek çoğunun geçmişiyle ilgili olduğunun farkında değil.

En başta anne ve babaların atlamaması gereken durum şu: Çocuğunuza sarılırken önce nötr bir duyguda olmanız lazım. Anne ve babanın görevi çocuğun kötü duygusunu ondan almaktır, ona kötü duygular aktarmak değildir. Elbette ebeveynler bunu bilerek yapmazlar ama bunu ister istemez yaparlar. Korkuları, kaygıları, üzüntüleri tüm duyguları çocuğa da geçiyor, en azından artık bunu biliyorsunuz.

Diyelim ki size olumsuz hislerle aktarım yapıldı. Mesela aile bireyleri olur olmaz küserek birbirlerini cezalandırıyorlar, buna çocukları da dâhil ediyorlar. Küsmek, karşındaki insanla konuşmamak bir tür ayrılık değil mi? Peki duygusal bir istismar değil mi? Çocuğa ayrılık korkusu yüklendi mi? Yüklendi. Artık o çocuk büyüdü, siz oldunuz, ben oldum, eşinizdi o çocuk, kız arkadaşınızdı, dostunuzdu. Bir yetişkin olarak nasıl davranıyorsunuz ilişkilerinizde? Size nasıl davranıyorlar? Küsüyor musunuz sevdiğiniz insana? Siz de onu anne ve babanızın sizi cezalandırdığı gibi cezalandırıyor musunuz? Geçmişle şimdi arasında bir bağ kurmaya başladınız mı? Gelecekteki sizin aynı olmasını bu farkındalığa rağmen istiyor musunuz?

Farkında olmak değişiminizin ve yenilenmenizin anahtarıdır. Ruhunuzun hastalandığını düşünüyorsanız önce değişim gerektiğini kabul etmeniz, sonra kendiniz için yenilenmeyi başlatmanız gerekecek. İyileşmenize, ruhunuzun iyileşmesine gidecek uzun ve zorlu yolu bu şekilde aşacaksınız.

Bir danışanım bağlanma problemi yaşadığını, kimseyi tam olarak sevemediğini ve ilişkilerinin çok uzun sürmediğini söylemişti. Eğer işler ciddiye binerse hemen bir bahaneyle sevgilisinden ayrıldığını, mottosunun onlar terk etmeden sen terk et, olduğunu da eklemişti. Karşılıklı konuşmalarımız ilerledikçe kendisiyle yüzleşmesi gerektiğinin bir süre sonra farkına varmıştı. Zor bir süreçten geçtikten ve epeyce bir aradan sonra tekrar karşılaştık. Evlenme kararı aldığını söylemişti gülümseyerek. Haberi duyunca çok sevinmiştim. Peki, kırk iki yaşına gelmiş bir yıl bile sürmeyen yüzeysel ilişkiler yaşamış ve asla bağlanamıyorum diye dert yakınan biri nasıl olmuştu da evlenme kararı alacak kadar birini sevmişti? Onun hayatını değiştiren şey yüzleşmek olmuştu. Annesi çalışan bir kadınmış. İşe gider, geç saatlerde gelirmiş. Arkasından çok ağladığını hatırlıyor. Kimi geceler annesini hiç görmeden uykuya yatırırmış babaannesi. Hafta sonları da doğru dürüst vakit geçirmezler, annesi ya arkadaşlarıyla buluşur ya da evle uğraşırmış. Ne zaman annesine sarılmak istese, annesi çocuğu kucağından uzaklaştırır, başka bir işle meşgul olurmuş. Annem beni çok seviyordu, demişti bana. "Fakat onun sevme yöntemi bana yetmiyormuş, onu çözünce ilişkilere bakışım değişti. Karşılaştığım insanlar da değişti," diye açıkladı evlilik kararını. Yüzleşme işte böyle ciddi bir iş. İnsanın hayatını köklü olarak değiştirebiliyor.

Muhtemelen siz de farkında olmadan böyle sancılarla büyüdünüz. Farkında bile değilsiniz o dönem ebeveyninizin size ettiği sitemin, size karşı takındığı tutumu hatırlamıyorsunuz belki, ancak zihniniz unutmadı, o her şeyi tek tek kaydetti, hatırlıyor.

Birçok nesil çocuklarını ne kadar da çok sevdiğini, anne babasını ne kadar fazla sevdiğini söyleyerek övünür. Belki de duygularınız kadar abartılı bir sevgiyi ifade ediyorsunuz anlatırken. Bunu ancak siz bilebilirsiniz, başkası değil. Her şey gerçek olsaydı bu kadar ayrılık, aldatma, cinayet, şiddet, yalan olur muydu? Evlenmeyi, üremeyi, çoğalmayı toplum çok ciddi bir yere koydu. Kimi evlilikler paraya bağlandı. Güzel bir kadın ganimetmiş gibi algılandı. Zengin bir erkeğe hayatın garantisi dendi. Yetti mi peki bu özellikler karşıdaki insana? Yetmedi!

Gerçekten evlenmen gereken kişi o mu?

◇◇◇◇◇◇◇◇◇◇◇◇

Aileni kurman gereken kişinin o olduğuna tüm kalbinle inanıyor musun?

◇◇◇◇◇◇◇◇◇◇◇◇

Aşk mı o yaşadığın, emin misin?

∞∞∞∞∞∞∞∞∞∞

Mantık evliliği yapıyorum, diyerek çıktığın yoldan memnun musun?

∞∞∞∞∞∞∞∞∞∞

Onsuz olamam, diyerek peşinden gittiğin kişiyi gerçekten tanıyor musun?

∞∞∞∞∞∞∞∞∞∞

Gerçekten onsuz yapamayacağını düşünüyor musun?

∞∞∞∞∞∞∞∞∞∞

Bu cevapların hepsi tek başına, sizin verebileceğiniz cevaplar. Kimse sizin adınıza yanıtlayamaz. İstediğiniz psikoloğa, psikiyatriste, yaşam koçuna, astroloğa, falcıya, büyücüye gidin. Kimse bilmiyor cevabını sizden başka. Ama çoğu zaman kendinize de dürüstçe sorup dürüstçe düşünmeden cevap vermediğiniz için siz de bilmiyorsunuz. Sonra? Gelsin ayrılıklar, gelsin ihanetler, gelsin gözyaşları. *Çok mutsuzum'lar, olmuyor'lar, nerede hata yapıyorum'lar, öyle ölmem füze at'lar...*

Annenizle, babanızla, dostlarınızla, çocukluk arkadaşlarınızla, şu an çalışıyorsanız iş arkadaşlarınızla, öğrenciyseniz okul arkadaşlarınızla, kısaca sosyal çevrenizle ilişkileriniz önemli. Eğer onlarla sağlıklı bir ilişkiniz varsa mutlu olmanız muhtemel. Ancak şunu unutmayın; bir kez daha söylemeliyim ki salt mutluluk diye bir şey yok. İyi duyguların yanında az da olsa olumsuz duygular da var. O nedenle arayışınız hiçbir zaman tam anlamıyla mutlu olmak olmasın. Ancak biraz da olsa mutlu olmaksa amacınız kendinizle yüzleşmenizi geciktirmeden yapın.

....

Acının içinden geçmek sizi yolun sonunda
mutluluğa götürecek.

....

Ritüellerin çoğu bir ön hazırlıkla başlar. Dini de olsa, ruhani de olsa hazırlıkların sonunda ritüelini gerçekleştirirsin. Namaz kılınacak ise öncesinde abdest alırsın. Meditasyona başlamadan önce nefesle bedenini hazırlarsın. Gözlerini kapatır, dış dünyadan uzaklaşmaya çalışırsın. Böyle bir hazırlık yapmanız lazım sizin de.

Birkaç gün hayattan biraz azalmak, bazı alışkanlıklarınızı azaltmak, yavaşlatmak gerekiyor. Belki tatlı tatlı iki üç gün susmak, sessizleşmek lazım. Bu halinle birkaç gün geçir önce. Azalt bakalım sendeki halleri. Az konuş, az ye, az telefona bak, az uyu, sende hangisi çoksa eksilsin öncelikle. Fiziki anlamda dünyadan az da olsa uzak kalınca, ister istemez kendine döner insan. Dal bakalım şöyle içli içli uzaklara ne olacak. Ne kaybedersin ki? Köylerde, tarlalarda çalışan insanlar neden iki günde bir depresyona girmiyor? Çalışır tarlada, durur, dinlenirken uzaklara bakar. Geçmişi düşünmez mi o da düşünür. Ama kabul de eder. Anılarını, yaşadıklarını kabul eden, onlarla yüzleşen insan kolay kolay depresyona girmez.

Diyelim ki iş hayatınızdaki insanlar size tembel, yavaş ya da beceriksiz geliyor. Bu nedenle de insanlarla sürekli bir çatışma içindesiniz, tartışıyor ve geriliyorsunuz. Eve gidince bu duyguları neden yaşadığınızı, bu duygunun en, en, en altında neyin yattığını düşünmenizi istiyorum. Sizi bu duruma getiren en temeldeki nedeni bulmanız çok önemli.

Çaresizlik!
 Yetersizlik!
  Sevgisizlik!
   Değersizlik!
    Başarısızlık!
     Dışlanma!

Hangisi yatıyor onu bulun. Acele etmeden, arkanıza yaslanıp düşüne düşüne yapmalısınız bunu. Bir duyguda kalmak kolay değildir bu arada. Öfkeliysen mesela daha da rahatsız edici olur. Hiperaktif yapar bedeni, kolay değildir. Fakat o duyguda bir süre kaldıktan sonra çık o duygudan. Kendine şunları sor:

"Ben bu duyguları çocukluğumda ne zaman yaşadım?"

∞∞∞∞∞∞∞∞∞∞

"Bu duyguları çocukluğumda nerede yaşadım?"

∞∞∞∞∞∞∞∞∞∞

"Yanımda kimler vardı?"

∞∞∞∞∞∞∞∞∞∞

Tüm uyaranların kapalı olması gerekiyor. O karanlık yolda yürümeye devam et. Mutlaka sana bir kapı açılacak, minik de olsa bir patika yol karşına çıkacak. Sadece kendine güven ve o duygunun seni götüreceği yere gitmekte kararlı ol.

Belki çok silik bir hatırayla karşılaşacaksın. Bir yerde birileri var, annen, baban ya da bambaşka biri. Bir oda gözünün önüne geliyor belki ama kiminde hatırlayamıyorsun. Belki küçük bir sakız ya da çikolata. Annenin gözleriyle karşılaşıyor da olabilirsin, bilemiyorum. Sen sadece oradaki o çocuğun duygusuna bak. Aynı çaresizliği, korkuyu ya da kaygıyı yaşıyor mu? Yaşıyorsa orada dur, derin bir nefes al. Belki o duygu sana ait değil, yüzyıllar öncesinden aktarılmış bile olabilir, onu da bilemiyoruz.

- Derin bir nefes daha al ve o çocuğu bir daha düşün.

- Olayın içinde kendine bir kez daha bak.

- Ona ne yapılıyor ve ne söyleniyorsa dikkatle izle.

O çocuğa sesli bir şekilde hangi duygu aktarılıyorsa onu ifade ederek –çaresizlik, yalnızlık, korku, kaygı, öfke– şunu söyle:

"Şu an anne ve baban sana çaresizlik duygusunu aktarıyor."

Birkaç kez bu cümleyi ona söyle. Bir kez daha derin bir nefes al ve bırak. Bunu bir hafta kadar yaptığınızda beyin, benim yakın geçmişte yaşadığım bir duygu var, bu duygu yetişkinken de iş yerinde şununla olmuştu; ilişkide şurada olmuştu, diyerek bu duygunun temeli şimdiki zaman değil diyebiliyor. Bilinç sizi bir süre sonra bu duygunun o ana ait olmadığı konusunda bilerek uyarıyor. Buna da yavaş yavaş iyileşme, deniyor, samimiyet ve istikrar istiyor. Duygunuz oradan oraya savrulurken kötü duygu sizden çıkmaya başlıyor. Sizdeki kalıntısına göre bir hafta, bir ay ve belki daha da fazla bunun üzerinde çalışmak gerekiyor.

Bazı anılar çok daha fazla emek ister bunu da unutmayın. O kadar ağır ve yoğundur ki o duygudan her çıkışta kendini daha da kötü hissedebilirsin. O zaman ne yapmak istiyorsan, içinden ne geliyorsa öyle davranmak şart. Ağlamaksa ağlamak, bağırmaksa bağırmak, daralmaksa daralmak. Acıda kala kala. Acının içinden geçe geçe. Beynin bir sürü şeyi sorgulayacak o esnada. Suçlayacak, kızacak. Belki annene çok öfkeleneceksin, babandan nefret edeceksin. Belki bir akrabandan, komşundan, dostundan öldüresiye tiksineceksin. Çok normal. Bu duyguları hissettiğin için kendine kızma. Yüzleşmek ancak böyle oluyor.

Bilinçdışı tam bir çöplüktür. Tüm pisliklerin olduğu koca bir çöplük. Öyle iki üç teknik çalışmakla temizlenecek bir yer de değil orası. Bunları vaat edenlerin peşinden gitmenizi de tavsiye etmiyorum size. Bilinçdışı temizlenebilecek bir yer değil ki. Bilinçdışında bizimle ilgili tarafları alıp onların üzerinde çalışmak ve onlarla yüzleşmek gerekir. Kişinin öyle canı istedikçe girebileceği bir alan değil orası. Eğer sen tüm samimiyetin ve isteğinle bu yüzleşmeleri yapabilirsen, sana aktarılanların önüne geçme imkânın oluyor. Senden sonraki nesle aktarmıyorsun. Aydınlatamadığımız bir hayat ise kavgalarla geçiyor.

Hazır mısın?

- Tekrar soruyorum hazır mısın?

- Gerçekten yüzleşmeye, o anıların içine girmeye, orada durmaya, orada gerçekten demlenmeye ve orada yalnız olduğunu hissedip doktorun sadece kendin olduğunu fark etmeye hazır mısın?

- O duygular taşınamaz gibi olduğunda bile derin bir nefes alıp tekrar aynı acıda kalmaya çalışmaya hazır mısın?

- Anı yaşamaya hazır mısın?

- Geçmişi çözümleyip geçmişte bırakmaya hazır mısın?

- Değişmeye hazır mısın?

- Sen değiştikçe yayacağın rezonansın değişimine gerçekten hazır mısın?

- Değişip dönüşmeye yenilenmeye, yenilendikçe iyileşmeye hazır mısın?

- Dönüşmeyi, yenilenmeyi ve iyileşmeyi gerçekten istiyor musun?

Değişeceksin!

Dün etkilendiğin adam ya da kadından
çok farklı biri seni etkileyecek!

<><><><><><><><><>

Dün rahatsız olduğun duygular yüzünden bitiremediğin
konular, başaramadığın işler geride kalacak.

<><><><><><><><><>

Dünden daha iyi hissedeceksin.

<><><><><><><><><>

Dünü değil anı yaşayacaksın.

<><><><><><><><><>

Hızlı değil yavaş olacaksın.

<><><><><><><><><>

Kendi değerinin farkına var!

Hayatındaki tüm olumlu değişimleri hak ediyorsun.

◇◇◇◇◇◇◇◇◇◇◇◇

Bunlar senin gerçekten hakkın.

◇◇◇◇◇◇◇◇◇◇◇◇

Eğer yüzleşme konusunda samimiysen evrenin sana bu konuda yardımcı olacağını bilmelisin. Evren sana destek olmak adına hizmet etmeye başlayacak. Yeter ki sen tüm samimiyetinle bu dönüşümün ilk adımını içtenlikle at.

Karşına bununla ilgili küçük yazılar çıkacak. Sosyal medyada önüne çok farklı insanlardan birkaç cümle denk gelecek. Evrene yayılan enerjinden bir şekilde arzu ettiğin, düşündüğün cümleleri okuyan, konuşan birileriyle karşılaşacaksın, onları takip edeceksin.

Bir dizi izlerken diyalog dikkatini çekecek. "Aa, evet, yüzleşmeyle ilgili," diyeceksin. Bir filmin karesi, çocukluğunla ilgili bir anına seni alıp götürecek ama bu gitmenin farkında olacaksın. Sen gerçeksen, samimiysen evren sana hizmet edecek. Yaradan'ın da dediği gibi, bu dünya senin hizmetinde mi?

YÜZLEŞMENİZE
YARDIMCI OLABİLECEK
MEDİTASYONLAR

Affetme

Affetmen gereken bazen bir başkası olurken bazen de kendin olabilirsin. Şimdi derin bir nefes alıp arkana yaslanmanı ya da uzanmanı istiyorum. Gözlerini yavaşça kapatabilirsin, güvendesin, rahatsın ve ruhunu tüm duygulardan olabildiğince uzak hissediyorsun. Derin bir nefes al, her nefes alıp verdiğinde bu olumsuz düşünceler nefesinle birlikte bedenini yavaş yavaş terk ediyor. Nefes al, nefes ver, nefes al, nefes ver. Şimdi kendini bir aynanın önünde buluyorsun. Aynadaki yansıman senin çocukluğun. O çocuğun gözlerinin içine bak, sana ait olan tek şey sensin.

Aynadaki yansımana baktığın zaman huzur, sevgi ve aidiyet hissediyorsun. Belki o yansıma henüz hiç hata yapmamış bir hal.

Yanlış nedir, kötülük nedir, problem nedir daha bilmiyor. Şimdi ona bir şeyler anlatma zamanı. Ona hata yapmanın normal olduğunu ve her zaman ne olursa olsun bundan sonra onunla olduğunu söyle.

Eğer bir gün hata yaparsa, yanlış ilişkiler kurarsa, yanlış kararlar alırsa her şeye rağmen onunla birlikte olacağını söyle.

Pişmanlık duyulacak hiçbir şey yapmadın, bunlar senin büyüme ve öğrenme yolundaki derslerindi ve sen, hepsini başarıyla geçtin. Bazı hatalar için belki uzun uzun, yoğun yoğun pişmanlıklar yaşadın ama bu büyük bir kısır döngü değil, sadece affetmene bakar.

Aynadaki yansıman senin çocuk halinden bugünkü haline doğru yavaş yavaş şekilleniyor. Bu değişimi iyice izlemeni istiyorum. Aynadaki kişi neler yaşıyor? Neleri deneyimliyor? Hangi anlarda kendine kızıyor, pişman oluyor ya da başkalarını kızdırıyor?

İyice izle. Bazen izleyici olmak en güvenli alandır. Sen bu değişimi izledikçe kendini güvende ve aidiyet duygusu içinde hissediyorsun çünkü tüm deneyimler sana ait.

Aynadaki yansıman tam olarak şu anki sensin. Üzerinde neler var? Nasıl görünüyorsun? Yansımanla aranda güçlü bir çekim gücü var. Uzun zamandır bu kadar iyi hissetmemiştin.

Yansımandaki sen, tekrar etmen için sana birkaç şey söylüyor:

- "Kendimi güvende hissediyorum."
- "İçimde hiçbir olumsuz duygu yok."
- "Her şey benim kontrolüm altında."
- "Bu evrende başıma gelmiş olan her şeyi kabulleniyor ve affediyorum."

Şu andan itibaren evren ve aynadaki yansıman seni korumak için her zaman yanında olacaklar.

....

Unutma, affetmek karşı tarafı haklı çıkarmak değil; karşı taraf yüzünden bizde oluşmuş olumsuz duygulardan arınmak demektir.

....

Şimdi aynadaki yansıman cebinden bir balon çıkarıyor ve sana uzatıyor. Balonu alıyorsun. İyice bak ona. Balon ne renk?

Senden bu balonu yavaşça şişirmeni istiyorum. Tüm dikkatin ve motivasyonun balonun üzerinde olsun.

Balonu şişirirken verdiğin her nefeste bugüne kadar içinde tuttuğun tüm duyguları, söylenmemiş tüm sözleri, alınmamış tüm kararları balonun içine terk etmeni istiyorum.

Derin bir nefes alıp balonu şişirmeye başlayabilirsin. Ve ilk nefesi ver, harika gidiyorsun. İçinde yer eden ve sana ağırlık yapan tüm olumsuz duygularını bir kez daha balonu şişirmek için kullan.

Aldığın nefesle değil sadece verdiğin nefesle de iyileş. Tüm olumsuz duyguların bedenini terk etmesine izin ver. Ve son kez nefes alıyorsun. Bu derin nefesle birlikte içinde kalan olumsuz duygularını, düşüncelerini ve anılarını son defa balonun içine üflüyorsun. Şimdi balonu bağladığını hisset. Bağladığın ip ne kadar sağlam olursa gücün, potansiyelin ve olumlu duyguların bundan sonra seninle olmaya devam edecek.

Affetmek zor biliyorum ama denemek, üzerine gitmek ve özgürleşmek senin yapabileceğin en iyi şey. Artık hepsi bu balonun içinde. Balon, beyninin ve kalbinin içinde yönetebildiğin en güçlü alanın. Bu duygu ve düşünce yüklü balonu sonsuz uzaya göndermeden önce aynadaki yansımanın elini tutmanı ve gözlerinin içine bakmanı istiyorum.

....

Şunu unutma, kendinle buluşmadan hayata
karışamazsın, affedemezsin.

....

Uzun zaman affedemediğin için kaçtın kendinden.

Şimdi kendi gözlerine baktığında tarifsiz bir huzur hissediyorsun çünkü affetmek zayıflık değil. Çünkü affetmek sana yapılmış kötülükleri, yanlışları kabul etmek değil.

İçinde bir heyecan var biliyorum. Yüklerinden kurtulmak üzere derin bir yolculuğa çıkıyorsun. Kendinle göz kontağını kaybetmeden yavaşça, balonu masmavi gökyüzüne doğru bırakıyorsun ve balon uçtukça, sen onu izledikçe ruhunda inanılmaz bir rahatlama hissediyorsun.

Dün yaşadığın her şey bir illüzyondu. Sen bir illüzyondan kurtuluyorsun.

Kendin için değer, uçmak için değer, özgürleşmek için sonuna kadar değer.

Hatalar, affedilmemiş olaylar elimizde sürekli tuttuğumuz ağır bir yüktür ve biz bu yükle yatarız, kalkarız, işe gideriz, âşık oluruz, sokaklarda gezeriz.

Yük ağırlaşır ve insan yorulur. Sen yorulduğun için yük ağır gelmeye başlıyor. Bundan sonra yapman gereken ara ara durmak, düşünmek ve affetmek.

Sen dinlendikçe yük hafiflemeye başlayacak.

Şimdi şu sözleri tekrarlamanı rica ediyorum senden:

- "Herkesi ve her şeyi affediyorum."
- "Üzerimde bıraktıkları tüm ağır yükleri onlara geri iade ediyorum."
- "Kızgınlık, öfke, çaresizlik ve yalnızlık gibi tüm olumsuz duygular onlara ait."
- "Ruhum artık tamamen özgür."
- "Geçmişteki hiç kimseyle olumlu ya da olumsuz bir bağım yok artık."
- "Ben, kendi özgürlüğüm için affetmeyi seçtim."

Şimdi dilediğin zaman yavaşça gözlerini açabilirsin.

An'a Odaklanma

Şimdi burada mısın? Bu anın içinde misin? Beraber ana odaklanmak için tatlı bir yolculuğa çıkacağız ama önce rahatlamanı istiyorum. Oturabilir veya dilersen uzanabilirsin. Kendini iyice rahat hissettikten sonra yavaşça gözlerini kapatabilirsin.

Derin bir nefes alıp yavaşça ver. Dikkatini dağıtacak tüm cihazlardan, seslerden ve dış etkenlerden uzaklaş. Sakinliğin bedenle ruhun arasında muhteşem bir bağ oluşturuyor ve şu anda bu muhteşemliği yaşamayı seçiyorsun. Derin bir nefes al, nefesinin bütün vücudunda dolaştığını hisset. Sadece şu ana ve nefesine odaklan. Tüm dikkatin nefesinde. Burun deliklerinden yavaşça içeriye al, soluk borundan karnına, karnından tüm vücuduna yayıldığını hisset.

Dikkatin hâlâ sende. Durağan bedenin sakin. Ruhun ve özgür düşüncelerin şimdide. Vücudun her geçen saniye biraz daha rahatlıyor. Birkaç saniye zihnine olumsuz seslerden uzaklaşması için izin ver.

Vücudun rahatlamaya devam ediyor, kasların gevşiyor ve hafifliyorsun. Tüm sorumluluklarından, yapman gerekenlerden tamamen uzaklaştın.

Artık geçmiş de yok gelecek de. Gevşiyorsun. Ellerin, kolların ve omuzların hafifliyor. Derin bir nefes al ve göğüs kafesinin nefesi verirken rahatlamasına izin ver. Nefesin seni rahatlatmak için bütün vücudunda geziniyor.

- Dündeki korkular ve yarının endişeleri artık seninle değil.

- Zaman senin yanında ve birlikte uyum içindesiniz.

- Anı kontrol etmek senin en büyük gücün.

- Aklına gelen düşüncelerin farkındasın ama artık onlarla ilgilenmen gerekmiyor.

Kendine ait bir zaman dilimindesin, şimdide ve şimdinin sana getirdiği her şeyi deneyimliyorsun. Ayaklarından, ellerinden, kulaklarından, tüm vücudundan sana bir mesaj geliyor, "bizimle kal".

Şimdi kendini bembeyaz bir bulutun üzerinde hayal et. O gökyüzü seni tüm olumsuzluklardan uzaklaştıracak.

Sen, nefesin sayesinde ortaya çıkan o bulutun üstündesin. Sakinlik hissediyorsun. Küçücük bir bebek gibi, sadece her şeyi deneyimleyen bir bebek gibi.

Güvendesin. Yaşadığını, canlı olduğunu her hücrende hissediyorsun. Ortaya seninle birlikte muhteşem bir ışık yayılıyor. O ışık sensin. Gökyüzüyle ve tüm evrenle uyum içindesin. Kocaman bir enerjinin içindesin şu an. Kendini ait hissettiğin yerde gördün ve bu görüş sana ruhunun gözlerini açtı.

Hayatın getirdiği tüm endişeler, kaygılar ve korkular ruhunun gözleriyle yok olup gitti. Tekrar derin bir nefes al ve ana gelebilmek için şu cümleleri tekrarla.

- "Zaman sadece şu andır, yaşadığım her anın keyfini alıyorum."

- "Hayat kontrolü sadece şu anda, dünden ve yarından özgürleştim, şu anın etkinliği içindeyim ve canlıyım."

Bu güzel enerjinin içinde dilediğin kadar anın tadını çıkarabilirsin.

Daha Fazla Huzur

Huzurlu bir yolculuğa çıkalım, ne dersin? Öncelikle yatağında rahat bir şekilde uzanmanı istiyorum. Yastığına, yorganına, döşeğine, yatağına iyice kendini bırak ve derin bir nefes al, yavaşça ver; nefes al ve yavaşça ver. Tüm dikkatin nefesinde. Etrafta dikkatini dağıtacak hiçbir uyaran yok ve güvendesin. Tekrar derin bir nefes al ve nefesi verirken yavaşça gözlerini kapat. Hafif ışıklı bir karanlık, gelgitleri olan. Arada bir gözlerini açma hissi, sonra karıncalanma ve derin bir karanlık. Gözlerin ağırlaştıkça dikkatin nefesinde ve tüm bedenin iyice rahatlamış durumda.

Şimdi kendini olduğun gibi ışığa dönüştürmenin zamanı. Bedeninden özgürleşip tamamen ruhunlasın. Tüm acıların, tüm duyguların, tüm kırgınlıkların kayboldu. Kimliksiz, cinsiyetsiz, isimsiz, sadece bir enerjisin. Sen huzurun kendisisin. Dikkatin tamamen hayal gücünde.

İnsan düşmeden huzura varamaz. İnsanlardan, olaylardan ve acılardan düşmek gerek. Hepsinden düşmeni istiyorum, hepsinden. Affedemediğin, kabul edemediğin ne varsa hepsinden düş, düş! Sadece kendine kal.

Şu an kendinle tatlı bir yolculuktasın. Geniş bir kumsal, büyük bir okyanus, gözünün alabildiğince kum. Arka tarafında bir orman. Tüm evren seninle ve sen bu muhteşem uyumun içinde yaratılmış bir hazinesin.

Hiçbir tehdit yok. Var olduğun için değerli, nefes aldığın için kıymetlisin.

Üzerindeki tüm olumsuz düşünceler; başkalarının sana taktığı sıfatlar, yorumlar. Seni daraltan, sıkan, yoran, üzen elbiseni çıkar. Tamamen kendin, en çıplak halindesin. Çıplaklığın ayıp değil, özgürlük. Çünkü senden başka kimse yok şu an, doğa tüm çıplaklığıyla seni kabul etti.

Başının arka tarafından esen rüzgâr, denizden gelen yosun kokusu, ayaklarının hissettiği kum seni iyice rahatlattı. Yavaşça arkana dönüp ormana doğru yürü. Tam ormanın girişinde kocaman bir valiz var, ayakları tekerlekli olan bu valizi yavaşça çekmeye çalış. Çek! Çimenlere, çalılıklara takılıyor. Bunlar zihinsel engellerin. Başaramayacağına, yapamayacağına, mutlu olamayacağına dair engeller. Kendinde oluşturduğun olumsuz kalıplar. Hepsinden özgürleş, hepsinden.

Tekrar derin bir nefes al ve nefesini verirken yeniden valizi çek. Kuma doğru yaklaştın. Kumda tekerlek gitmez. Şimdi valizi kaldır. Çok ağır olduğunu düşünüyorsun. Bunlar senin ödemen gereken bedeller. Ödemediğin, ertelediğin, ihmal ettiğin şeyler. Şimdi onlardan kurtulma, onları kabul etme ve bedelini ödeme zamanı.

Aklına ihmal ettiğin değerli insanları getir. Sana fayda sağlayan eylemleri, söylemleri hatırla. Derin bir nefes al ve ödeyeceğin tüm bedelleri kabul ederken nefesini ver. Gerekirse erken kalkmak, gerekirse tedbirli harcamak, gerekirse çevreni değiştirmek, gerekirse alışkanlıklarından kurtulmak... Tümünü kabul et ve derin bir nefes alıp valizi tekrar kaldır.

 Şimdi yavaşça suya doğru ilerle, iyice yaklaş. Valizi kuma koy ve aç. İçinde bir sürü kıyafet var ve her bir kıyafet senin, huzurlu olabilmen için bir anlam taşıyor.

Şimdi özgüven sağlayacak, seni güçlü kılacak, güvende hissettirecek çorapları giy, onlar sensin.

Tüm vücudun sana huzur verecek kıyafetlerle taçlandırıldı. İstersen ekstra şeyler alabilirsin. Mesela bir çanta, bir tarak ya da bileklik, kolye, şapka, küpe ne istiyorsan; hepsi sensin.

Biraz daha valize bak. Seni huzurdan koparan, kendine

gelmeni engelleyen, tadını kaçıran ne varsa onların zıttı, yani iyileştirecek şifan valizde, istediklerini alabilirsin.

Şimdi valizi kapat ve şu sözleri kendine tekrar et:

- "Geçmişte olan her şeyi kabul ediyorum."
- "Kimse beni yok etmeye çalışmadı."
- "Şimdiyi kabul ediyorum."
- "Hayallerimi, hedeflerimi endişelerimi kabul ediyorum."
- "Yarınla ilgili tüm endişelerim bitti."
- "Yavaşlıyorum, her anımda yavaş düşünüp yavaş hareket ediyorum."
- "Huzur durduğum an başlıyor."
- "Huzur, hazırda olmak demek. Ben olacak her şeye hazırım."

Şimdi valizi yavaşça yerine götür. İnanılmaz güçlüsün. Tekerlek kumsalda ilerliyor çünkü hem zihinsel hem fiziksel gücün var. İkisi bir araya gelince artık huzura da sahipsin Valizi ormanın girişine bırak. Tekrar kumsalına gel, şu an hiçbir tehlike yok.

Süreç senin elinde, sonuçlar değil. Bırak! Bırak huzurun zirvesinde kal ve doğayla bütünleş. Tüm vücudun, tüm benliğin huzurda ve hazır. Bu dinlenme sana tekrar muhteşem bir enerji veriyor. Yavaşlıyorsun, yavaşlıyorsun ve yavaş yavaş yatağına geliyorsun. Yastığın, yorganın ve yatağın seninle. Parmak uçların, sırtın, kalçan, bacakların muhteşem uyum içinde. Öyle huzurlusun ki, hiçbir tehdit yok. Rahat ve güvendesin. Gözlerin bu huzurla iyice ağırlaşıyor. Sana günlerce, saatlerce yetecek huzur duygusu benliğinde. Endişesiz, kaygısız uykuya dalıyorsun. Yavaşça tüm vücudunun hissi kayboluyor, bedenini unutuyorsun ve uykuya dalıyorsun. İyi geceler...

BEŞİNCİ BÖLÜM

VAZGEÇME BİLGELİĞİ

Vazgeçme kavramını bir insanın çocukluğundan yetişkinliğine kadar geçen sürece bakarak inceleyelim istiyorum. Hepimizin hikâyesi bir doğumla başlıyor. Doğum anı ile birlikte bir bütünlük hissinden bir parçalanmışlık hissine geçiş oluyor. Bebek, anne karnında güvendeydi, orada mutluydu, oraya alışkındı. Doğumla birlikte kendini yabancı hissettiği bir ortama geldi. İyi de o güvendiği anne karnı nerede? İlk ayrılık, ilk nefes almayla birlikte geliyor. Bir başlangıcın hem bir son hem kavuşma hem de ayrılık olması, tümünü barındırması ne garip! Anne karnından ayrıldıktan, o ilk nefesi aldıktan sonra bebeğin ağlaması, hayata karşı ilk tepkisi de ayrılık yüzünden. Vazgeçerek, ayrılarak büyüdüğümüzün bir kanıtı bebeğin o ilk tepkisi.

O zaman insanın kopmadan, ayrılmadan büyüyemediğini de anlıyoruz ne yazık ki. Ayrılık, ruhun bedenle yaptığı en önemli anlaşmalardan da biri. Belki de ruhla beden arasındaki tek anlaşma, bunu bilemiyoruz.

Bebek doğduğu andan itibaren ağlayarak koparıldığı anneye sahip olma duygusuyla başlıyor hayata. Anneden memeye uzanan bir güdü. Zamanla eşyalara sahip olma arzusu ve sonra da insanlara sahip olma arzusuyla büyüyor. İlişkilerde ilk güdüsü sahip olmakla ilintili.

Annelerin çok iyi bildiği bir şey var: Bebek anne sütünü içtiğinde beyninde oksitosin hormonu da salgılanıyor. Güven ve bağlanmayı pekiştiren bir hormon bu. Bebek sütten kesildiğinde anne karnından koparılan bebek bu kez de anne sütünden mahrum kalır. Bir ayrılık hikâyesi daha. Anne için de bebek için de zor bir süreçtir aslında. Her iki taraf için de ağır bir duygu geçişi söz konusudur. Anne bebeğini avuttuğu kadar sütten kesilişinde kendini de avutmak zorundadır. Anne göğsüne bağlı yaşayan bir bebeğin şimdi yeniden bağlanacak şeyler bulması gerekir.

Oyuncaklarıyla oynar bebek. Kimini kırar kimini kaybeder. Başka başka minik ayrılıklar. Bezinden ayrılır. Artık çişini güvenli alan olan bezine değil tuvalete, lazımlığa yapması istenir. Alışkanlıklar zincirinde sürekli kopmalar yaşanır ister istemez. Eğer bu kopuş süreçlerinde bebek anlaşılmamış, ona nazikçe davranılmamış, saygı ve özen gösterilmemişse yetişkinliğe geçtiğinde yine vazgeçme konusunda sorunlar yaşayacaktır.

İnsan yas tutmayı da sevmez. Vazgeçememesinin altında yas tutamama inancı da büyük rol oynar. Böyle bir ayrılığın duygusunu taşıyamayacağını düşünür. Bu yetişkinlikte bazen para bazen sevgili bazen de anne olur. Kimisi için işidir o vazgeçemediği, kimisi içinse sigarasıdır.

Yasını tutamayacağını düşündüğü insanın/ nesnenin vedasını yapamaz insan.

Bu nedenle vazgeçmek çok zordur. Vazgeçmek, içinde yası, sabrı, anlayışı, iradeyi ve çocukluğumuzu barındırır.

Alıştığın yoldan gidersin, alıştığın insanlarla kendini güvende hissedersin, alıştığın yiyecekleri tüketir, alıştığın müziği dinlersin. Bunun sana vereceği zarardan çok sana hissettirdikleriyle daha çok ilgilenirsin.

Oysa bu denli alışmak iyi mi diye sormak gerekiyor. Bu kadar inanmak senin için iyi bir şey mi, şöyle uzaktan bir bakmak gerekiyor. Başka bir yoldan gitmeyi de bir seçenek olarak düşünmek ve kimi zaman buna cesaret etmek gerekiyor.

Alıştığınız şeyleri değiştirmediğinizde hayatın kendisini de onlar zannedersiniz. Oysa hayat tek yoldan ibaret değil. Hayat onsuz asla olmaz, dediğiniz o tek insandan oluşmuyor. Sigarasız da yaşanıyor. Alkolsüz de akşamlar geçiyor. Onsuz olamam diye düşündüğü evladını kaybeden o ana yine de yaşıyor. Onsuz nefes alamam, dediği o kişi gittiğinde arkadaşın nefes almaya devam etti, hatırla. Sen de şahidisin onun, hatırla. Benim de şahit olduklarım var. Birileri de sana şahit oldu zamanında, hatırla. O bırakamam dediklerini bırakınca da yaşandığını gördün aslında. Vazgeçilmez görünen neler geçti gitti hayatından hatırla...

Şimdi düşünmenizi istiyorum.

....

"Her şeyden geçerim ama hayatta o üç şeyden vazgeçmem," dedikleriniz neler?

....

İçinizden bazıları;

"Evladım"

"Annem"

"Babam"

"Kendim"

"Sigaram"

"Kitaplarım"

"İşim"

"Özgürlüğüm"

"Evim"

"Ailem, " diyecek.

Haklısınız, hepsi çok önemlidir, sizin için çok kıymetlilerdir, şüphem bile yok. Ben size vazgeçin gitsin demiyorum zaten, vazgeçebilecek mertebede olmaktan bahsediyorum. Ailenizle birlikte olmak için hem çabalamalısınız hem de onlardan vazgeçebilecek mertebede olmalısınız. İki zıt kavram sizde de bir arada olmalı. Doğarken ananızdan ayrıldınız. Annenizin göğsünden ayrıldınız. Okula başladınız evinizden ayrıldınız. Belki hiç beklemediğiniz kayıplar yaşadınız. Sigarayı bırakamam ne ki o durumda? Onsuz yaşayamam ne ki? Yine de yaşamak zorunda kalabilirsiniz. Devam etmek zorunda kalabilirsiniz. Onsuz ölürüm, demek çok büyük bir cümle değil mi siz söyleyin. Zamanlı, sıralı olmadan ilerleyen ölüm diye bir gerçek yok mu mesela?

Hem birlikteliğe devam etme çabası ve becerisi olmalı kişide hem de bir gün öyle ya da böyle bir sebeple bitebileceğini de bilmeli. O nedenle nasıl ayrıldığınız çok önemli.

Anneden ve babadan ayrılış hikâyesi kişinin nesnelerle ve insanlarla kurduğu ilişkiyi belirliyor. Annesine bir yakın bir uzak olan birinin kişisel ilişkilerinin de aynı düzlemde ilerlemesi muhtemeldir. Ailesiyle arası bir iyi bir kötü olan birinin aynı şekilde ilişkilerinin de inişli çıkışlı olması şaşırtıcı değildir.

Öyleyse neden, nelerden, kimlerden vazgeçemezsiniz yine düşünün. Beynimiz öyle bir yaratım ki, dünyadaki en büyük acıdan bile sağ çıkabilecek kapasitede. En sevdiği kişiyi kaybettiğinde bile bunu kaldırabilecek bir kapasitesi var.

Vazgeçebilme yeteneği insanı hem dengeli yapar hem de hayata karşı daha güçlü kılar. Budistler, âlimler, dervişler, veliler, deliler modern hayattaki insanlar gibi çok fazla ağlamaz, gülmez, yemez, kızmaz, üzülmezler. Çünkü vazgeçebilme yeteneğine vakıftırlar.

İnsan denen aciz varlık, hepimiz aciziz kimseyi ayırmıyorum, ölümü kabul edemediği gibi ayrılığı da kabul edemiyor. Eksik kalmayı istemiyor ve hayatına aldıklarını vazgeçilmez hale getiriyor. Siz onu çok iyi insan olarak tanımlıyorsunuz ancak iyi insan olmasının ötesinde altında yatan başka bir sebep daha oluyor. Vazgeçilmez olmak istiyor. Kişinin bakımını üstlenerek, kendinden ödün vermesine karşın karşısındakinin isteklerini yerine getirerek vazgeçilmez biri olmaya da çabalıyor. Çünkü ayrılıktansa vazgeçmemek, vazgeçilmez olmak daha kolay geliyor. Ayrılırsa yas tutması gerekecek çünkü. Çoğu insanın o yası tutacak gücü olmuyor.

O yüzden çok sevmeyi diline doluyor. Bir anda arkadaş, dost, kanka oluveriyor. Bir anda evleniyor. Bir anda âşık oluyor. Hızlı bir bağlanma süreci yaşıyor yani. Kendisi bile anlamadan kurulan hızlandırılmış yakınlıklar silsilesi. Günün sonunda yaş kemale erdiğinde, yaşlandığında bir de bakıyor ki hiçbir şey onu tam olarak istediği gibi mutlu etmemiş. Hep vazgeçmemeyi seçmiş, kendisinden ödünler vererek karşısındaki insanı elinde tutmuş. Başka yollara, başka seçeneklere gözlerini kapamış. Ayrılmaktansa yok saymayı daha kolay bulmuş. Ömür gitmiş, gerçek mutluluğu tadamadan yaş geçmiş, ilişkiler geçip gitmiş.

Hayatı her şeye sahip olabilmek için değil her şeyi deneyimleyebilmek için yaşamak gerekiyor. Bugün anne ve babanız sağken şükürle onlardan hürmetinizi eksik etmeyin ancak onların günün birinde hayata veda edeceklerini de aklınızın bir köşesine koyun. Hayatın engeller, sıkıntılarla örülü olduğunu, her zaman sürprizlere gebe olduğunu bilerek adımlarınızı atın. Bir paranoyak gibi yarını kurarak yapmayın bunu, böyle bir ihtimalin olduğunu, hiçbir şeyin sonsuza kadar sürmediğini ara ara hatırınıza getirin yeter. Yarın, kafaya takılıp ne olacak, ya böyle olursa, ya şöyle olursa diye düşünülecek bir alan değil. Siz kurdukça kaygılarınızın artacağını, siz kurdukça negatif düşüneceğinizi bilerek bugünü yaşayın. Şükredin. Yarının iyilikler getireceğini umarak ama sıkıntılar da yaşayabileceğiniz ihtimalini gözeterek sarılın hayatınıza. Hayatın vazgeçemediklerinizden oluştuğunu ama geçiciliğinin de kırılgan bir terazi olduğunu aklınızdan çıkarmayın.

Düne kadar çok iyiydiniz, bugün bir engelle, sıkıntıyla karşılaştınız. Yarın bugünden daha da sıkıntılı olabilir ama çok daha iyi de olabilir. Bugün yağmur yağıyor yarın da yağacağının garantisini kim verebilir? Güneşin açmayacağını, minik de olsa yüzünü göstermeyeceğini kim yüzde yüz iddia edebilir? Her duygunun iyisi kötüsü olduğu gibi hayatın bütününde de iyilikler ve kötülükler vardır. Mutluluklar ve mutsuzluklar vardır. Yıllar sonra bir gün *iyi bir hayat mı yaşadın yoksa kötü mü*, diye sorduklarında eğer iyi günlerin oranı daha fazla ise ne mutlu size.

....

Hayat günü gününe size doğru bir veri sunmaz, yaşadığınız tüm günlerin ortalaması hayatınızın değerini oluşturur.

....

Günümüzde vazgeçemediklerimizin sıralaması da değişmiş olabilir biliyor musunuz? Belki vazgeçemem dediğiniz ilk üç şeyin arasında insan yok, olmayabilir. Daha materyalist bir dünya artık burası, sıralamaların değişmiş olması da muhtemeldir yani.

Dese ki arkadaşınız, sevgiliniz size: "Hayatta vazgeçemem dediklerim, telefonum, aynam ve sensin." Ne yapabilirsiniz ki? Olamaz mı yani? Yok mudur? Niye sanki herkes, her şey sizden uzakmış, böyle birileri hayatınızda olamazmış, belki de o siz değilmişsiniz gibi davranacaksınız ki? Yapmanız gereken kendinizi ya da karşınızdakini yaptığı sıralamadan dolayı yargılamak değil anlamaya çalışmak olmalı. "Neden cep telefonumdan vazgeçemem?"

Diyelim ki biri karısını ya da kocasını çocuklarından önce sıraya koydu. Onun için birinci sıradaki çocukları değil de eşi. Ee? Ne ile yargılayacaksınız onu? Sevgisizlikle mi? Ama seviyor çocuklarını, vazgeçmemiş ki onlardan ikinci sıraya koymuş. Bırakıp gidenler de var ayrıca çocuklarını. Çöpe atıp kaçanlar yok mu, onları ne yapacağız? Gördüğünüz gibi bir insanın vazgeçemedikleri olduğu gibi, onun ne ya da kim olduğunu, sırasını ve önem derecesini de ancak bireysel olarak kendisi belirliyor. Herkesin sıralaması kendisine ait, ona özel ve kesinlikle de yargılamaya hakkınız yok. O sivri köşelerinizi biraz daha yumuşatmanız gerektiğini yine size hatırlatmak isterim. Önemsediğiniz o nesneye bir bakın derim. Bunu bir arkadaşıma verebilir miyim, diye oturup bir düşünün. Bir anda yanıt olarak evet, diyorsanız zaten sorun yok. İçinizde bir şeyler gidip geliyorsa, cevabınız evetten çok hayıra yakınsa ya da hayır ise bu sizin yanlış bir insan olduğunuzu kesinlikle göstermez. Bu sizin o nesneyle ilgili derdinizi bir şekilde bir gün çözmeniz gerektiğini gösterir.

Kimi bir ay boyunca görmezseniz, bir ay boyunca konuşmazsanız dayanamazsınız bir onlara bakın. Analiz edin kendinizi, oturun, bir düşünün. Onu bir ay boyunca hiç görmezseniz, konuşmazsanız ne hissedersiniz? Nasıl dayandı, diye düşündüğünüz insanlar var. Şu kadar milyar kaybetti, iflas etti, şu sevdiğini kaybetti gibi... Acı, çekenin yaşadığından ziyade acıya tanık olanın sanrısıdır daha çok. Acı çeken acısını abartmaz, acıya tanık olan o acıyı abartmaya daha müsaittir. Gerçekten acı çekenin, acının içinden geçenin genellikle sesi pek çıkmaz. Acının içinden geçenler yaslarına da sahip çıkarlar. Bu insanların yaşadıkları kötü günleri sağlıklı atlatmaları her ne kadar zor görünse de daha kolaydır. O nedenle yas tutmayı öğrenmeniz gerekiyor. Ayrılığınızın yasını tutmayı bir şekilde öğrenin lütfen. Kafa dağıtarak, arkadaşlarla gecelere akarak, içkiyle unutmaya çalışarak ya da o ilişkiyi yaşanmamış sayarak yas tutulmaz. Eğer bir giden varsa ve o giden size ayrılık acısını tattırdıysa, bunu kabul edip acınızı yaşamalı ve yası sonuna kadar, yani iyileşene kadar tutmalısınız. Göreceksiniz ki yasın sonunda daha yenilenmiş, daha sağlıklı, daha mutlu bir insan olacaksınız.

Bazen bir değeri kaybederiz, onun da yasının tutulması lazım. Bir ev mi değiştirdiniz, başka bir yolu mu seçtiniz, üzerinde biraz düşünün. Kaçmayın. Modern hayat size "boş ver yenisini alırsın," diyor.

Hatta bunu eşyadan insana dönüştürüyor.

"Sana koca mı yok? Sana kadın mı yok? Sana arkadaş mı yok? Boş ver, çık açılırsın, gez havan değişsin. Salla gitsin!" Hayır! Önce o kaybın yası bir tutulsun, değil mi? O acı doya doya bir yaşansın, bırakın ağlasın, değil mi? Çocukta da böyle, yetişkinde de. Çocuklar mutsuz olmayı deneyimledikçe güçlenirler. Her istediği yapılmış bir çocuğun büyüyünce güçlü bir karaktere sahip olduğuna hiç şahit olmadım. Daha çok tatminsiz, mutsuz bireyler olarak gördüm onları. Yetişkinlerde de durum aynı. Yasını tutmayan birey öncelikle hastalanır. İçinden atamadığı acı gün gelir onun bedeninden öyle ya da böyle çıkmak ister. "Çalıştı, kazandı. Kazandığını yiyemeden göçtü gitti," derler. Hiçbir şeyin yasını tutmamış, tutamamış, kendine dönememiş insanın hastalanması daha kolaydır. Önce psikolojik de başlayabilir fiziksel de. Yas tutmak önemli. Yasla, kayıpla gönderdiklerinizi kabullenmek son derece önemli. Yıllarca çalışmış, artık her şeyi var ama şimdi olduğu halinden memnun değil, mutsuz. Kendine dönüp hiç bakmamış çünkü içine ayna tutmamış.

Kaybetmeyi bilmek sizi güçlendirir. Çok sevdiğiniz bir eşyanızı birine vermeyi deneyin. Hiç sevmediğiniz ama ihtiyacı olduğunu düşündüğünüz birine yardım edin. Elinizden çıksın bakalım o pek kıymetli paranız. Deneyimleyin. Deneyimlemeden hüküm vermek de yargılamak da kolay. Oysa geridekileri temizlemeden ileriye bakmak sadece bir illüzyondan ibaret.

Pandemiyi bir avantaja çevirebilirsiniz. Özgürlüğünden vazgeçebilmeyi öğrenmek de gerekiyormuş demek ki. Temas etmeyi özlemek gerekiyormuş meğer. Sosyalleşmekten bir müddet vazgeçmek en doğrusuymuş belki de. Tüm bunlar vazgeçebilme kabiliyetini geliştiriyor. Nelerden vazgeçtiğinizin bir önemi yok ama onu verdiğiniz andaki hissiniz önemli, oradaki duygunuz önemli.

Eşyalar, insanlar hayatlarımızdan giderler. Siz de birilerinin hayatından gidiyorsunuz. İzin verin buna. Eğer vazgeçemiyorsak orada zaten sağlıklı bir ilişki yoktur. Kimileri de vardır, acısından vazgeçemez. Mutlaka rastlamışsınızdır onlara da. Hatta belki siz de onlardan birisinizdir. On yıldır atamadım, on beş yıl oldu unutamadım, derler. O insanlar bazı anılara tutunurlar. Orada tutundukları anıların duygusudur aslında ve oradan çıkmayı da istemezler. Bu tip insanların bir kısmı da iyi olacaklarına bir türlü inanmazlar. İyi olma hali onlara iyi de gelmez, taşıyamayacaklarını düşünürler. Yine çocukluklarıyla alakalı bir durum...

Bambaşka bir örnek daha vereyim. Yıllar önce ölmek üzere olan altı yedi yaşlarındaki bir çocuk için beni aramışlardı. Doktor aileye, siz yanında çok durmayın, sürekli ağlıyorsunuz, daha metanetli biri onunla vakit geçirsin demiş. Beni aradılar, bir de o dönemde Murat Göğebakan'ı aramışlar. Çocuk onun şarkılarını çok seviyormuş. Odaya girdiğimde, ilaçlardan, tümörden harap olmuş bir çocukla karşılaştım. Bir süre vakit geçirdikten sonra bana dolabındaki sakızlardan getirmemi söyledi. Paketi ona verdim, bana da bir sakız verdi, çiğnemeye başladım. Annesi odaya girince benim elimde kâğıt, ağzımda sakız, bir çocuğa baktı, bir bana baktı, pat diye kapının önünde bayıldı. Anneyi ayılttık, sonrasında bana bayılmasının sebebini anlattı. Meğer çiğnediğimiz o sakızları teyzesi Amerika'dan gönderiyormuş. Çocuk hayatta vazgeçemem bu sakızlardan diyor, annesiyle bile paylaşmıyormuş. Çocuk bana o an vazgeçebilmeyi öğretti. Çocuk vefat ettikten sonra annesiyle biraz da olsa konuşmaya çalıştım. Anne bana şöyle dedi: Yedi yıl onunla birlikte bir hikâye yaşadım. Yedi yıl bir çocuğun annesi olarak yaşadım. Bundan sonra onun annesi değilim artık."

Vazgeçmek gerçekten kolay bir şey değil. Huylarınızdan, alışkanlıklarınızdan, bağımlılıklarınızdan öyle bir günde vazgeçmeniz elbette kolay değil. Ancak en azından fark ettiğiniz kötü huylarınızdan vazgeçmeye çalışabilirsiniz. Haksız yere ona buna kızan, öfkeli bir insansanız; bunu kimi günlerde fark ediyor ancak yine de yapıyorsanız, kendinize günün birinde DUR AR-TIK demeniz gerekecek. O gün neden hemen bugün olmasın? Neden bugünden, bir kötü huyunuzun üzerine gitmeyesiniz?

Öfkenizden vazgeçmeniz çok mu zor?

Kendinizi hiç mi dizginleyemiyorsunuz?

Hiç mi kendinize sözünüz geçmiyor?

Ee, başkalarına nasıl geçecek o zaman o kıymetli sözleriniz, bağırarak mı?

Bakın tüm kitap boyunca size anlatmaya çalıştığım konuların nasıl da birbiriyle bağlantılı olduğunu bir kez daha fark edeceksiniz şimdi. Yine öfkeden gidelim dilerseniz. Öfkeniz size zarar verdiği zaman ne yaparsınız?

* Önce öfkeli biri olduğunuzu kabul etmeniz gerekecek, değil mi? Sonrasında peki?
* Öfkenizin asıl nedenini bulmak isteyeceksiniz.
* Bunun için de yüzleşme gerekiyor, öyle değil mi?
* Yüzleşmenin ardından öfkenizin asıl nedenini çözdükten sonra ondan vazgeçebileceğinizi göreceksiniz.

Her şey minik minik zincirlerle birbirine bağlı ve siz zincirin ucunu yakaladığınız an dönüşümünüz de başlamış oluyor. *Dönüş, yenilen, iyileş!* Sana ait olan bir parçanı, duygunu, sana kötü gelen bir yanını iyileştirebilirsin.

Dönüşmene, yenilenmene, iyileşmene izin ver.

Samimiyetle çıktığınız bir yolda değişmeniz, dönüşmeniz, yenilenmeniz ve iyileşmeniz kaçınılmaz. Önce değişmeye gönüllü olmanız gerekiyor. Değişmek için farkında olmanız, farkında olduğunuz değişim için yüzleşmeniz ve sonrasında da size kötü gelen o duygudan, o huydan, o alışkanlıktan vazgeçmeniz gerekiyor. Bunu kendinize armağan etmeniz gerekiyor. Zihinsel yazılımınızı tekrar yazmalı, güncellemeli ve kafanızdaki blokajları kırmayı mutlaka öğrenmelisiniz.

Bu sizin hayatınızdaki ilişkilerinize de ilginç bir ışık tutacak. Bir süre sonra bilinçli tekrarladığınız bu deneyimler bilinçdışınıza yerleşecek. Artık bir olaya, insana baktığınızda onun geçiciliğini hissedeceksiniz. Düne kadar abarttığınız konuları, duyguları ölçülü eyleme geçireceksiniz. Beyin o muhteşemlik algısını görecek, ancak bu zihinsel egzersizle olur. Bunun üzerine düşünmekle olur. Eyleme dökmekle, zihin pratikleriyle, ödevlerle olur.

Lütfen bu saatten sonra, şimdiki yaşınıza kadar ne çıktıysa hayatınızdan, nelerden ayrıldıysanız, sizi en zorlayan olayların, kişilerin yasını böyle tutun. Bir bakın neler var orada. Çünkü eninde sonunda bugün sahip olduklarınızın da yasını tutmak zorunda kalacaksınız. Şu an üstünüzdeki elbisenin, evinizdeki insanların, cebinizdeki paranın, hissettiğiniz ruh halinin... En yakın zamanda ve eninde sonunda hepimiz yine dönüşerek bu anları kaybedip başka bir ana geçeceğiz. Yani her geçen anı doğum günü kutlar gibi kutlamak lazım. Kutlayabilmek için kabul edebilmek lazım. O yüzden doğum günlerinde de gülmek ile ağlamak bir arada değil midir?

....

Kaybediş bir kutlama olsun hayatınızda.

....

Elinizden geleni yapın.

....

....

*Tabii ki hakkınızı arayın ama şunu da
unutmayın; kutladığınız şey kaybettiğinizin
eksikliğinden değil.*

....

*O eksiklik duygusuna rağmen bunu
taşıyabilecek yüceliği olan sizsiniz, kendinizi
kutlayacaksınız.*

....

Biliyorum birçoğunuzun gözünden yaş aktı bu satırları okurken. O gözyaşlarını da mendilin içine koyun.

O mendili ömür boyu kullanın lütfen.

İyi ki varsınız...

Çok kıymetlisiniz...

VAZGEÇME BİLGELİĞİNDE YOL GÖSTEREBİLECEK MEDİTASYONLAR

Kabullenme

Hepimizin şu yaşamda bir hayat stili, ulaşmaya çalıştığı şeyler ve kendini konumlandırdığı veya konumlandırmak istediği yerler var.

Var olan durumu kabullenmek ve ana odaklanmaksa tüm bunların temeli. Ne kadar kontrol edebilirsek edelim, hayatın bize gönderdiği bazı zorluklar olduğu da büyük bir gerçek. Bu zorlukları kabullenip onlardan ders çıkarmaksa bir opsiyon. Düşüncelerin kontrol dışına çıkma durumunda ise bir adım atabilir ve derin bir nefes alabilirsin. Şimdi senden bunu yapmanı isteyeceğim. Derin bir nefes al ve ver.

Çoktan gerçekleşmiş şeyler hakkında bedenini ve zihnini yorarak kendine bir fayda sağlayamazsın. Kabullenip o duruma karşı düşünce yapını değiştirmeni istiyorum, bunu birlikte başarabiliriz.

Şimdi rahatça bir yere oturmanı veya dilersen uzanmanı istiyorum. Kendi güvenli alanını kendin oluştur, olabildiğince rahatla ve yavaşça gözlerini kapat. Bulunduğun ortamda seni rahatsız edecek şeyler olmamasına dikkat et. Odaklan. Bilincini nefesine vermeni istiyorum. Tüm dikkatin, tüm bakışın, tüm duyguların aldığın nefeste. Derin bir nefes al ve ver, nefes al ve ver.

Alıp verdiğin her nefeste şu ana biraz daha odaklanmaya başlıyorsun ve içinde tuttuğun bütün negatif enerjinin vücudundan eriyerek akıp gittiğini hayal ediyorsun.

Bedeninin rahatladığını ve enerjinin kontrolü yavaş yavaş ele geçirdiğini hisset. Ellerini hisset, kollarını bacaklarını, gözlerini ve alnını. Bütün vücudun yavaş yavaş rahatlıyor ve bütün güç zihnine geçmeye başladı. Kontrol sende.

Seni aşağıya çeken, kabullenmeni engelleyen, tüm hırslı ve olumsuz düşünceler seni terk etti, bir daha dönmemek üzere çekip gittiler. Şimdi şu sözleri aklından tekrar etmeni istiyorum:

- "Evrenin muhteşem yaratıcısına teslim oluyorum, bu yaratıcı ışığın bana gösterdiği tüm doğaya ve evrene kendimi olduğum gibi bırakıyorum."
- "Bazı şeylerin kontrolü elimde değil, bundan sonra kontrolümde olmayan şeyler için daha sakin ve sabırlı olmayı kabul ediyorum."
- "Hiçbir zorunluluğum olmadığını, sadece sürecin elimde olduğunu kabul ediyorum."
- "Bazı şeylerin istediğim gibi olmayacağını ama mücadeleyi bırakmayacağımı kabul ediyorum."

Bu sözleri kabullenmekte zorluk çektiğin durumda aklından tekrar et. Ne anlatmak istediğini iyice kavramaya çalış.

Bu senin iç sesin, bu sensin ve bu iç ses, aslında çok kısık bir şekilde her gün sana mesaj vermeye çalışıyor. Şimdi o sesi yavaşça açıyorsun. Yaşadıkların bugüne kadar seni etkisi altına almış olabilir fakat artık özgürsün.

Tek yapman gereken şey evrenin yaratıcısına güvenmek ve kendini ona teslim etmek. Unutma süreç senin elinde, sonuç değil. Şimdi müziğe odaklan. Ve her geçen saniyede bu kabullenme duygusunun sende bıraktığı hafifliği hisset.

 Güvendesin, hiçbir şey korktuğun gibi olmuyor şu an. Her şey akmaya ve akışta kalmaya devam ediyor. Dün kabul edemediğin şeyler, artık problemin değil çünkü özgürleştin. Şimdi bunu yavaşça, ruhundan bedenine bir yolculuğa çıkaracağız.

Ellerini, parmak uçlarını, saçlarını, göğsünü hisset, içinde gezen bu huzur dolu enerjiyi de... Ne zaman aklındaki düşünceler kontrolü ele almaya çalışırsa bırak, alsınlar.

Kötü düşündüğün için kötü şeyler olmaz. Olumsuz düşüncelerden olumsuzluk gelmez, bu sadece seni üzer.

Sen hazır olduğun zaman, buna izin ver ve her şeyi kabul et.

Ve şimdi ruhunun gözleriyle birlikte gerçek gözlerini açabilirsin.

Ayrılık Acısı

Eğer ayrılık acısı yaşıyorsan, eminim ki kendini biraz yorgun hissediyorsun, biraz çaresiz ve biraz da belirsiz. İçinde belki özlem var, belki de kızgınlık, seni anlıyorum, biraz kırışıksın. Kendini hazır hissettiğin an, bu yolculuğa başlayabiliriz. Bu yolculuğun tek bir şartı var, özgürleşmeyi kabul etmek. Şu ana kadar ayrılığa verdiğin anlam biraz sonra tamamen değişecek.

Sen, onu bırakmış olmuyorsun, onunla yaşadığın her şeyi yeniden anlamlandırıyorsun ve bu yeni anlam, seni bundan sonra daha güçlü, daha özgüvenli ve daha özgür bir insan yapacak.

Şimdi rahat ve güvenli bir alan seçmeni istiyorum, istersen oturabilir, istersen uzanabilirsin. Yavaşça derin bir nefes al. Biraz sonra, yaşadığın en önemli anlara doğru yolculuk yapacağız.

Gözlerini kapat ve nefesine odaklan. Nefes alıp verirken kendini ayçiçekleriyle dolu bir bahçede görmeni istiyorum.

Güneşi bütün vücudunda hissediyorsun, içini ısıtan bu ışık sana huzur veriyor. Her yer ayçiçeği ve tüm ayçiçeklerinin yüzü güneşe dönük. Çünkü hepsi bütün enerjisini güneşten alıyor. Şimdi derin bir nefes al ve yavaşça ver. Alıp verdiğin her nefeste tüm vücudun rahatlıyor. Başından omuzlarına, kollarından göğsüne, göğsünden bacaklarına, ayak parmaklarına kadar her yer rahatlıyor.

Her geçen saniye daha da gevşeyen bedenin tamamen kendini bu ayçiçeği tarlasına ait hissediyor. Artık bahçedesin. Dikkatini artırdıkça, bahçedeki deneyimlerin tamamen canlanacak.

Bu bahçede geçireceğin her saniye senin ruhen iyileşmeni sağlayacak. İçinde ayrıldığın sevgiline karşı olan olumsuz tüm düşünceler şu an bu bahçede ama sen, bahçede gezindikçe bu olumsuz düşüncelerden özgürleşecek, hiçbirini unutmayacak hepsini dönüştüreceksin.

Yaşanan ne varsa yanına sadece sana kendini iyi hissettirenleri alacak ve istediğin zaman bu bahçeye gelip küçük ayrıntıları değiştirebileceksin.

Şimdi ayçiçeği bahçesinde attığın her adımda daha da rahatlıyorsun. Etrafını iyice gözlemle, nasıl hissediyorsun?

Tüm doğa ve evrenle uyum içindesin. Doğa senin ilk ebeveynin, çünkü sen doğadan geldin ve doğanın zenginliğini yaşamın içinde unuttun. Organik olan her şey inorganikleşti ve yaşadığın tüm deneyimler sonunda küçük problemler bıraktı.

Yaşadığınız ilişki gerekli güneşi, yeterli yağmuru, gereken sağlıklı toprağı elde edemedi ve sen hep kendini ya da eski sevgilini suçladın.

Oysa sen suçsuzsun.

Sadece bir deneyimin parçasıydın ve şimdi yavaşça bu olumsuz deneyimi olumlu hale dönüştüreceksin.

Burada yaşayacağın her türlü duygu ve düşünce senin eserin olacak, bu muhteşemliğin içinde, sen, kendi eserine şahitlik edeceksin.

Şimdi başını yavaşça bir ayçiçeğine çevir. İçlerinden en hoşuna gideni seç ve ona iyice bak. Üstündeki her bir çekirdek, eski sevgilinle yaşadığın ilişkiyi temsil ediyor. Her birinde farklı bir anı.

Bu çekirdeklerin bazıları olmuş, bazıları olmamış. İçlerinden bir tanesini çek ve bir anıya yavaşça yolculuk et.

En üzüldüğün anı, en kırıldığın, en yalnız ya da çaresiz hissettiğin anı... Şimdi orayı izle. Orada ne oluyor, neler konuşuyorsunuz ya da neler yapıyorsunuz? Hangi duyguyu hissediyorsun? Çaresizlik, yalnızlık ve endişe mi?

Şimdi, bu çekirdeği daha sağlıklı yapacaksın. Yapman gereken şey kendine ve çekirdeğe telkinlerde bulunmak. Şunları tekrarlamanı istiyorum:

- "Hayatımda onun olmaması yalnız olduğum anlamına gelmez."
- "Ayrılmış olmam çaresiz olduğum anlamına gelmez."
- "Şu an hayatımda olmaması beni değersiz ve sevilmeyecek bir insan yapmıyor."
- Söylediğin telkinlere iyice odaklan ve derin bir nefes al. Şunları da tekrar et:
- "Şu an yalnız olmam bir daha âşık olmayacağım anlamına gelmiyor."
- "Şu an tek olmayı tercih ediyorum."
- "Bu ayrılığın bana kattığı gücü kabul ediyorum."
- "Bu bir deneyimdi ve bu çekirdeği olması gerektiği yere, ayçiçeğine yani doğaya geri veriyorum."
- "Ayrılıktan üstüme düşen bütün sorumluluğu aldım."
- "Yeterli acıyı çektim ve gereken bedeli ödedim."
- "Bu acı bana ait değil, doğaya ait ve iade ediyorum."

Şimdi çekirdeği tekrar yerine koy. Onu yerine koyduğunda muhteşem bir duygu hissediyorsun. Tekrar özgür, vazgeçebilmiş ve kendine güvenen birisin.

Şimdi derin bir nefes al ve son olarak bir tane daha çekirdek seç. Bu çekirdekteki anı onu son gördüğün gün, son konuşmayı ve ayrılığı deneyimlediğin gün. Şimdi o ana git, neler oluyor? Ve ne hissediyorsun? Kızgın, öfkeli, korkmuş, ümitsiz, endişeli ve çaresiz misin?

İyice odaklan. Belki o sahnede güçlü olmaya çalıştın ve o an duygunu yaşamadın. Belki güçlü gözükmeye çalıştığın

için bu acı böylesine uzadı. Benliğin incindi, egon kırıldı...
Daha çok parçalanmasına izin vermemiştin. Kırılan egon yüzünden ona ayrılmak istemediğini söyleyemedin belki. Aslında bitmesi gerektiğini sen de iyi biliyorsun.

Şunu unutma, ayrılık en zor andır ve kişiye eksiklik hissettirir. Bütünlüğünün bozulmaması için bu eksikliği görmezden gelirsin ve karşı tarafa istemediğin şeyler söylersin. Aynısını o da yapar.

Ama şundan eminsin; bu zamana kadar çözülmemişse, ilişkiniz bitmeliydi ve sen yalnız kalma korkun yüzünden buna izin vermemiştin.

Şimdi o andaki kendine iyice bak. İyice gözlemle ve ayrılık anındaki kendine şu telkinleri söyle:

- "Sakin ol, sakin ol sen değerlisin."

- "Şu an kendini değersiz hissediyor olabilirsin ama bu ayrılık senin değerini belirlemeyecek."

- "O, olsa da olmasa da sen değerlisin."

Ve çaresizlik diye bir şey yok. İzin ver kopsun. Bir süre bu şaşkınlığı, belki biraz acıyı yaşayabilirsin ama bu, değerinden hiçbir şey eksiltmeyecek.

Bu bitiş, yaşamın bitişi olmayacak. Bu yeni başlangıçlar için gereken bitiş olacak çünkü sen, seni daha değerli hissettirecek, güvende hissettirecek, seni anlayacak, seni dinleyecek, sana sadık kalacak ve saygı duyacak ilişkileri hak ediyorsun.

Ve şu an, hak ettiğin ilişkiler için bu ayrılığı kabul ediyorsun.

Şimdi derin bir nefes al ve ayrılık anının deneyimini kendinden uzaklaştırıp ait olduğu yere geri bırak. Ayçiçeğinin içine, yani doğaya. Yavaşça bahçenden uzaklaş.

Kendini iyi, güvende ve en önemli acını çözümlemiş halde hissediyorsun. Ayrılığın bir başlangıç olduğunun farkındasın ve eski sevgiline ihtiyacın olmadığını artık biliyorsun.

Yaşadığın acı onun yokluğu değil senin sevme becerinin eksikliği. Sen onun yokluğundan acı çekmiyorsun.

İçindeki o muhteşem sevgiyi başkasına veremezsin diye endişe etmiştin, şimdi o gitti, şimdi sadece sen ve muhteşem sevme becerin var. Yaşadığın o deneyime teşekkür ediyorsun. Derin bir nefes al ve nefesini verirken Allah'a seni güçlendiren bu deneyim için şükret. Bu deneyim için karşına çıkan o kişiye teşekkür et.

Yaşadığın tüm güzel ya da kötü, zor ya da kolay, az ya da çok anları, ilişkini kabul et. Çünkü kabulleniş daha mutlu yarınlara hazırlanıştır.

Birazdan gözlerini açacaksın ve bu hazırlanışla yepyeni bir bene kavuşacaksın. Unutma, istediğin zaman bahçene gelip unuttuğun ya da tekrar dönüştürmek istediğin küçük çekirdekleri alabilirsin. Derin bir nefes al ve nefesini verirken gözlerini yavaşça aç.

Bir Alışkanlığı Bırakma, Bir Alışkanlığı Edinme

Bu yolculuğa çıkıyorsak bir ya da birkaç alışkanlıktan kurtulmak veya yeni alışkanlıklar edinmek istiyoruzdur.

Biliyorum, hepimizin istemediği, keşke kurtulsam dediği yanları var. Onları düşün. Bunları düşünürken önce rahatlamanı istiyorum.

Yatağında, yastığında, yorganında, döşeğinde iyice rahatla. Bir taraftan alışkanlıklarını düşün. Hafifçe tüm vücudunun rahatladığından emin ol. Hem bedenine hem de zihnindeki alışkanlıklara odaklanabilmek senin gücün.

Şimdi dikkatin yavaşça bedenine yöneliyor. Derin bir nefes al ve yavaşça ver. Nefes al, ver. Şimdi gözlerini kapatabilirsin. Etrafında hiçbir uyaranın olmadığını hisset. Tüm uyaranlar senden uzaklaştı. Bedeninde olan dikkatin yavaşça ruhuna doğru yaklaşıyor.

Alışkanlıklar ruhta saklanır. Beden sadece emredileni yaşar. Gözlerin kapandıkça karanlık daha da belirgin olmaya başladı ve sen bu karanlıkta yürümeye başladın. Devam et, yürü. Sağında ve solunda kapılar var. Her kapı kurtulmak istediğin bir alışkanlık.

Kapıların üstünü oku, kurtulmak istediğin alışkanlıkların isimleri yazıyor. Bir tanesini seç ve yavaşça içeri gir. Seçtiğin kapı alışkanlıkları yaşadığın anılarına açılıyor.

Şimdi bu alışkanlığı yaşadığın tüm anılarını ekranda evren sana gösteriyor. Duvarda kocaman bir ekran var ve orada alışkanlıkları yaşayan sadece sen varsın. Tüm alışkanlıkların video şeklinde gözünün önüne geliyor. Hepsini izle.

Elinin altında bir klavye var. İstediğini durdurabilir ve istediğini değiştirebilirsin. Şimdi tüm videoları durdur; evet onu da... Şimdi hepsini yavaşça sil. Klavyenin üzerindeki silme tuşuna bas. Yavaşça o alışkanlık seni terk etmeye başladı. O alışkanlığı nereden edindiğini biliyorsun. Evet, ilk yaptığın an aklında. Kimler vardı? Kim öyleydi ya da sana ne yapıldı da bu alışkanlığı geliştirdin?

Biliyorsun. Şimdi o ilk hatırandaki kendine şunları söyle, tekrar et:

- Sakin ol, sana şu an yapılan seni değersiz kılmıyor.
- Şu an karşındaki kişi senin değerini belirlemiyor.
- Bu deneyimi yaşadığın için değersiz değilsin.
- Şu an yalnız değilsin.
- Eninde sonunda baş edebilecek gücün olacak, sakin ol.

İlk anını temizledin, dönüştürdün, kabul ettin.

Şimdi yeni bir alışkanlık koyma zamanı.

Başını kaldır ve ekrana bak. Ekran yepyeni bir senle kaplı. Orada yeni alışkanlığı yaşayan sen varsın. İstediğin videoyu seç ve izle.

Ne yapıyorsun? Bu yeni alışkanlık sana nasıl hissettiriyor? Daha güçlü, daha sevgi dolu, daha saygın, daha başarılı, daha cesur, daha yardımsever, daha çalışkan mı?

İyice izle, o sensin ve harikasın. Tekrar derin bir nefes al ve tüm videoların canlandığını hisset. Yepyeni bir alışkanlık. Bilinçaltında bunu hazırladın. Yavaşça odadan çık. Kapıyı kapat.

 Belki bir sürü kurtulmak istediğin alışkanlıkların var. Her gece farklı bir kapıdan girip istediğin çalışmayı yapabilirsin. Şu an en önemlisini deneyimledin. Eskisini sildin, yenisini dizayn ettin.

Yavaşça o karanlıktan uzaklaş, dön arkanı ve ilerle. Şunları da kabul etmeyi ihmal etme:

Alışkanlıklar bir anda değişmez, bu meditasyondan sonra zihnin her an sana bunu hatırlatacak.

Bazen eski alışkanlıkların yakanı bırakmayacak ve gelgitler yaşayacaksın.

İşte orada bu anı hatırlayıp küçük bir adım atıp üstüne gideceksin.

Önemli olan fark etmen, daha önemli olan samimi olman.

Yarın uyandıktan sonra gün içinde ara ara hatırlayacaksın, bir anda olmayacak.

Birkaç gün geçtikten sonra yapabildiğini hissedeceksin ama tam yapamayacaksın. Samimiyetin devam edecek, bir hafta, iki hafta içinde yapabildiğini göreceksin.

Yeni alışkanlığı yaptıkça eski alışkanlığın sesi kısılacak. Zamanla duygu ve düşüncelerin değişmeye başlayacak.

....

Birkaç ay sonra çevren değişecek.
Her yeni alışkanlık yeni çevre demek.
Her yeni çevre yeni hayal demek.
Yeni hayaller yeni vizyon demek.

....

Sen yeni vizyonunla yeni alışkanlıklarını deneyimleyeceksin. Kök alışkanlıklar sık tekrarlandığı için bu hale geldi Yeni alışkanlıklar sık sık tekrarlandıkça oluşacak.

Tekrar derin bir nefes al. Yatağına gel. Yastığını, yorganını, döşeğini, odanı hisset. Oradasın, hafif bir heyecan var. Acaba gerçekten değişti mi alışkanlıklarım?

Zihninin gelgitlerine izin verme, olmayacak diyen sesi kıs.

Sen samimisin ve zamanla elde edeceksin.

Rahatla. Sen rahatladıkça gözlerin ağırlaşmaya başlıyor. Yavaşça tüm bedenin senden uzaklaşıyor. Uçuyorsun, kendin gibi en özgür halinle uçuyorsun ve bilincin yavaşça kapanıp tüm iradeyi uykuna bırakıyor, uyuyorsun. İyi geceler.

ALTINCI BÖLÜM

RUH *SELFIESİ*

Dünya gerçekten bir çilehane. Aslında baktığınızda yaşamanın kendisi tam bir çile. Kelime çile olunca biraz ağır gelebilir ama dünyanın içinde gerçekten farklı bir anlam buluyor. Sanki hayatta çok güzel şeyler varmış araya virgül olarak da çile konmuş gibi...

Çilehanelerde insanlar kendileriyle yüzleştikçe acı çekerler. Biz bu çileyi yemekten, içmekten, eşyadan, kıyafetten, insandan mahrum olmalarına bağlarız. Çektikleri acıyı sevdiklerini görememekten, tek olmaktan yaşadıklarını düşünürüz. Oysa konu onlarsız kalmak değil kendileriyle kalıştır. İnsana en dayanılmaz gelen kendisiyle baş başa kalmaktır. Zordur, ciddi ve derin yüzleşmeler gerektirir.

O yüzden bu dünya, bu çilehane, içinde sosyalleşmeden, aile kurmadan, âşık olmadan, dünyaya çocuk getirmeden, arkadaşlık kurmadan yani çoğalmadan, dokunmadan, temas etmeden baş edilebilecek bir yer değil. Çünkü insan dünyaya büyük bir belirsizlikle atılır ve bir belirsizliğe doğru yol alır. Bunu tek başına yapması onun için hiç de kolay değil.

Nereden geldiğinden dinen, ilmen ve bilimin ışığında ne kadar emin olursa olsun, nereye gideceği konusunda tam bir belirsizlik yaşar. Bu belirsizlik sıradanlıktan uzaktır ve dayanılacak yanı da yoktur.

Hele de teksen... Dedik ya belirsizlik dünyaya gelişimizle başlıyor. Öncelikle bu bir travmadır ve bu travmayı yaşadığın an, yani ilk nefes alışından itibaren tek hissettiğin duygu korku ve çaresizliktir. Önce sıcak bir kola ihtiyaç duyarsın. Bir şekilde kendini annenin kollarında bulursun. Tek ihtiyacın sarıp sarmalanmak, güvenmek olur. Ancak aç da yaşanmaz ki. Bir meme ararsın, anne göğsüdür adres, hemen ona yapışırsın. Hayat tam anlamıyla böyle bir düzlemde başlar. Yer, içer, doyar ve rahatlarsın. Cennete benzer anne kucağı. Rahattır. Başka hiçbir şeye ihtiyacın yoktur. Güvenlidir, orada mutlusundur, endişeler, korkular sana uzaktır. Tek çilen aç kalınca meme aramak, çişini belli etmek ve ağlamaktır. Basit bir denklem gibi. Gözlerin daha iyi görmeye, kulakların daha iyi duymaya başladığında ilk gördüğün annendir. Annenin gözlerine baktığında onun gözlerinde hangi duygu varsa sen kendini o sanırsın. Annen gerginse, mutsuzsa, neşeliyse, kaygılıysa, öfkeli ya da coşkuluysa ilk duygular senin için oluşmaya başlar. Sen de bu duygulardan bir tanesiyle dünyaya başlarsın.

Sonra gözün başka şeyleri de görmeye başlar. Daha fazla şey bilmek, dokunmak, tanımak, tatmak istersin. Ortalama yedi yaşına kadar bu keşif yolculuğu devam eder. Nerede büyüdüysen, nerede karnın doyduysa, kısaca nerede yaşadıysan o yaşa kadar kimlerle temas ettiysen hepsinin duygularını alırsın. Komşundan, akrabandan, kız kardeşinden, abinden, babandan, öğretmeninden, arkadaşından... Sonra ne mi olur? Sonra, yani sen artık kocaman bir adam/kadın olduğunda çocukluk döneminde ekilen duyguların benzerini ölene kadar yaşarsın. Aslında her yaşta yaptığın, çocukluk duygularını yaşama çabandır.

Sonra hayat sana güçlü olman gerektiğini hissettirir:

"~~Düşsen de ayağa kalkacaksın.~~"
"Elbette düşebilirim ama günü gelince ayağa kalkmasını da bilirim."

◇◇◇◇◇◇◇◇◇◇◇◇

"~~Duygularımı belli etmeyeceksin.~~"
"Duygularım bana ait, beni yansıtan özelliklerim. Onları yerinde ve zamanında belli etmezsem ben olamam ki."

∞∞∞∞∞∞∞∞∞∞

"~~Olur olmaz ağlamayacaksın.~~"
"Ağlamaktan neden çekineyim, ağlamak utanılacak, insanı zayıf gösteren bir eylem mi?"

∞∞∞∞∞∞∞∞∞∞

"~~Güçlü olacaksın, güçlü!~~"
"Güçlü olmayı istiyorum ama bunu her zaman başaramayabilirim. Güçlü ve güçsüz yanlarımla kendimi seviyorum."

∞∞∞∞∞∞∞∞∞∞

Sen de gücün peşine düşersin. Kimse senin ne hissettiğinle ilgilenmez. Neye ihtiyacın olduğunu sorgulamaz. Herkes kendi duygusunu bırakır ve gider. Yıllar geçer ve sen tüm bunları yaşamak zannedersin.

Çoğu insan bu süreci sorgulamadan dünyadan ayrılsa da kimileri bir aydınlanma yaşar. Hayatında bir şeylerin ters gittiğini anlamaya başlar. Para da kazansa mutlu değildir. Evlenmiştir o çok sevdiği insanla, mutlu değildir. Ne yaparsa yapsın kendisine vaat edildiği gibi yaşamıyordur.

Üstüne üstlük hayatın bir parçası olarak yaşamının içinde ayrılıklar, kopuşlar vardır. Bir sürü hem de, düzinelerce... Bebeklikte başlayan ve erişkin olduğunda da devam eden, azalmayan ve hep onunla gelen... Her bir ayrılık, her bir kaybediş, her bir yanlış anlaşılma, her bir uzaklaşma kişide dayanılmaz bir çaresizlik duygusu yaratır.

Sırf bu duygudan kaçmak için, hele de ölümü hatırlattığı ve yalnızlığı onun yüzüne vurduğu için ne yapar biliyor musunuz? Kendisine emzikler bulur. Kimileri için bu emzik alkoldür. Kiminin vazgeçilmezi telefonu olur. Kimileri bağımlı ilişkiler yaşar. Kimisi seks bağımlısı olmuş farkında bile değildir. Birileri kendine yalandan bir dünya kurar. Liste uzar da uzar. Halbuki çok insani bir duygudan kaçıyordur: Çaresizlik ve yalnızlık duygusundan... Sen telefonu emziğin yaptın, avunman lazım çünkü. Bir başkası yapıştı sevgilisine onsuz olamam feryatları atıyor. Yapıştı, emzik gibi hem de.

Sırf o insani duyguyla yüzleşmediği için o emziklere doğru koşturur insan. Oysa emzikler sağlıklı değildir ve geçicidir. O anlık iyi gelir, sonrasında yine aynı duygu yapışır yakamıza. Fazla olan her ne ise tam karşısındakinin dengesini ister istemez bozar. Bu denge bozulduğunda o kısırdöngüden çıkmak hiç kolay değildir. Hayat bu kaçışları sonlandırmak için bir sürü mesaj gönderir, okuyamayız. Doğaya baksanıza! İklimle, ormanla, suyla, yangınla her gün mesaj vermiyor mu bize? "Ben bitiyorum, bu işe bir çekidüzen verin," demiyor mu? Ama anlamıyoruz. Çünkü insanın en sık yaptığı davranış ertelemek ve unutmaktır.

O emziklerin en vazgeçilmezi teknolojik ürünler şimdilerde. Cep telefonuyla kurulan ilişkinin yalnızlık ve çaresizlik duygusunu bastırma isteğiyle ilgili olduğunu anlamak hiç de zor değil. Üstelik bu duyguları yok saymak yetmezmiş gibi kusursuz olma, yaşlanmama arzusunu da tüm yanlışlarının üzerine ekledi insanoğlu. Filtresiz tek bir fotoğrafına bakamayan en az kaç kişi tanıyorsunuz bir düşünün.

Daha genç, daha mutlu, daha kusursuz görünme gayreti ve zamanla bu sanrısına inanan milyarlarca insan...

<><><><><><><><><>

Instagram'daki eleştirilere, övgülere ve o platformun tüm dinamiklerine inanan insan toplulukları. Zamanla daha az konuşan, ilişkilerinde derinleşemeyen, dengeyi kaçıran, fotoğraflarda mutlu, kusursuz; içlerinde mutsuz ve kusurlu merdümgirizler...

İnsan hem çevresindekilerden hem kendinden uzaklaşınca yolunu kaybeder. Yolunu kaybettikçe hızlanır. Hızlandıkça hata yapmaya başlar. Çok şeyi varken hiçbir şeyi yokmuş gibi yaşar. Kalabalıklar yalnızlık getirir. Uzun sohbetlerde sağırlaşır. En uzak kendine kalan insan için fiziki dünyada uzaklık kalmamıştır. Binalara, insanlara çarparak ilerler. Önü açık alan bulmakta zorlanır, daralır. Bir ağaca, dingin bir denize hasret, kendi kabuğunda yalnız bir acayip yaşam biçimini benimser. Bedeninin *selfiesini* çektikçe, ruhunun *selfiesi* silikleşir.

Çok yüzeyseldir. Sürekli burçlardan konu açar, dedikodu yapar, en güzel yemeğin, en iyi kıyafetin, en yakışıklı-güzel sevgilinin peşine düşer. Her arayışında ruhu giderek silikleşir. Maddeci bir dünyada yüzü kusursuz, elbiseleri kusursuz, aynı, benzer, sıradan, yavan ve kaybolmuştur. Telefonuna baktıkça kusurlarını gören, onları filtreyle kapatan, filtredeki kendi olmayan insanın hayalini kuran, onun peşine düşen, beyhude bir çabalamanın tükettiği yaşamlar. Kıyaslayan, karşısındakini hor gören, aşağılayan, karşısındakini aşağıladıkça ruhunu kanatan iki ayaklı bir mutsuz canlı. Başkalarıyla kendini kıyasladıkça eksik hisseden, eksikliğine öfkelenen insanlar.

Şimdi telefondan çektiğin *selfie* ile değil ruhunun *selfiesi* ile baş başa kalma vakti geldi. Zaman istemediğimiz kadar çok.

....

Hangi duygularımız kusurlu, hangileri bize
ağır geliyor bakmanın tam sırası değil mi?

....

İçinde yüzleşme, hesaplaşma, şefkat, öfke, acıma, yalnızlık, hayal kırıklığı ve daha pek çok duyguyu barındıran bir *selfie* bu. Ne yazık ki bu kez sizi kurtaracak bir filtre yok. Tamamen olduğunuz gibi bakmazsanız ruhunuza aynı şeyleri yaşamaya devam edeceksiniz. Yaşamak istiyor musunuz?

Önce kendinizi sonra da insanı anlamaya gönüllü müsünüz?

Kendi kendinizin doktoru olmaya niyetli misiniz? Gerçek senle buluştuğunuzda ona şefkatle yaklaşmaya, kusurlarıyla sevmeye ve başkalarını da aynı samimiyetle kucaklamaya var mısınız?

....

Her şey insanı anlamakla başlarmış meğer.
Ruhumuzun selfiesini çekmek zorundayız.
Orada hiçbir kusur aramadan onu olduğu
haliyle kabul etmek zorundayız. Orada ne
yazıyor, ruh ne istiyor ve benim görevim ne,
bilmek zorundayız.

....

Her gün en az on beş dakika ile yarım saat arasında, sessiz bir ortamda tüm duyguların teker teker ve tekrar deneyimlenmesi şart; üstelik bunu bilinçli bir şekilde yapmalı. Keşke herkesin imkânı olsa da evlerin bir odası terapi odası gibi kullanılsa.

Dinlenme, anlaşılma, anlama odası. Oda yerine bir koltuk da olur. O eski insanların sık sık yaptığı gibi uzaklara bakarak düşünme halinde olmalısınız bulunduğunuz ortamda. Kendinize ayırdığınız o vakitte telefondan ve başka uyaranlardan olabildiğince uzak durarak, ruhunuzu, kalbinizi sükûnetle dinlemelisiniz.

• Ben bu duyguya bugün neden sahip oldum?
• Gerçekten istediğim ne?
• Nasıl bir sevgilinin hayalini kuruyorum?
• Ruhumdaki bu dalgalanmaların sebebi nedir?
• Neden bu kadar öfkeliyim?
• Korkularım nereden geliyor?
• Anneme içten içe yersizce sitem etmemin esas sebebi ne?
• Odasını toplamadı diye çocuğuma neden bağırdım?

Bu ve benzeri soruları, ruhunuzun en derinlerine ulaşan soruları kendinize sormayı ihmal etmeyin. İhmal etmeden, her gün kendinize şefkat göstereceğinize tüm kalbinizle yine kendinize söz verin. Sorduğunuz soruların yanıtlarını aramayı, onlar üzerine düşünmeyi ve olanı yok saymak yerine kabul etmeyi öğrenin. Varsa çözüm yolunu yoksa kabul ve o duygudan vazgeçiş yolunu tercih etmeyi iyiliğiniz için ilke edinin.

Doğumla başlayan ve evrenin başlangıcıyla kıyaslandığında kıyas kabul edilmez, kişisel tarihimizde uzun ve pek kıymetli olan bir deneyimler yolculuğu yaşıyoruz. Tüm deneyimler ise bizim esas aynamız. Onlara filtre atılmıyor, *photoshop* uygulanmıyor. Neyse o! O nedenle insan aynasına iyi bakmalı. Kusur arayarak değil, kabullenemediklerini buyur ederek. Reddettiklerimizi kabul ettiğimizde ve onları dert etmeyi bıraktığımızda aynamıza yansıyanlar da değişecek, güzelleşecek.

Hiçbir şeyin bizimle ilgisi yok ve her şeyin bizimle çok ilgisi var; önce bunu anlayacağız. Özgürleşmek, kabullenmek, tüm ruhunu ve gönlünü açabilmek, dünyaya teşekkür edebilmek, şükredebilmek ama her şeyden önce dikkatle izleyip tanık olduklarımızı kabullenebilmek başlangıç noktasıdır. Bu kabullenişte olabilmesi için insanın geçmişe doğru zor bir yolculuğa çıkması gerekir. Geçmişe giderken zorlandıkça hayatından azalmalar başlar. Çevresindekiler azalır, tavırları değişir, içe kapanır ama her gidişin bir dönüşü vardır. Tekrar kendine döndüğünde artık eskisi gibi değildir. Zevkleri değişmiş, ağzının tadı değişmiş, yeni arkadaşlar edinmiş, farklı kişiliğe sahip insanlarla tanışma fırsatları yakalamıştır. Ruhunuzun *selfiesini* çektiyseniz ona iyi bakın. Çünkü o, ömür boyu bilinçdışınızdan size bakacak.

RUH *SELFIESI*
KONUSUNA DESTEK
OLABİLECEK
MEDİTASYONLAR

Şükür

Senin de bazen üstüne üstüne geliyor mu hayat? Bazen sahip olduklarını görmezden gelip sahip olmaya çalıştıklarının peşinde koşturduğun oluyor mu? Hayat bu, insan elinde olanları fark etmez. Alışır onlara, *benimdi zaten*, der, unutur. Sonra gelecekle ilgili planlar yapmaya başlar. Ama hayat istediği gibi gitmiyordur. En büyük engel kendisidir. Zamanla öğrenir elindekilere teşekkür ettiğinde, onlarla yaşadığı için şükrettiğinde gerçek mutluluğun bu olduğunu.

Sonuna kadar çalış, sonuna kadar mücadele et ama unutma, her zaman şükredeceğin bir şeyler vardır.

Hani yoruluruz ya, çaresiz kalırız. Endişeler kaplar her yanımızı. Canımız sıkılır bir de...

....

Şükretmeyi unuttuklarımızın sesidir onlar.

....

Şimdi senden derin bir nefes almanı ve yavaşça vermeni istiyorum. Nefes al ve ver. İnanılmaz bir deneyim, yaşadığının habercisi, nefes almak. Şükürler olsun!

Şimdi yavaşça gözlerini kapat. Önce hafif ışıklarla karanlık aydınlanacak sonra karıncalanmalar başlayacak ve sonra tamamen kapkaranlık bir yer, kendi dünyan. Tekrar derin bir nefes al ve nefesinin bütün vücudunda gezindiğini hisset. Saç tellerinden alnına, alnından boğazına, boğazından omuzlarına, karnına, bacaklarına ve ayak parmaklarına kadar yayılan bir enerji. Geçtiği her yeri rahatlatıyor ve sen bedenin sağlıklı olduğu için şükrediyorsun.

Şimdi tüm kaygılarını düşün. Ne istiyorsun? Neler olmadı? Neler korkutuyor seni? Hepsini düşün. Hayat zordu senin için, ne istesen engeller çıkmıştı. Çıktığın her yolda bir sorun ve mücadele etmen gereken zorluklar vardı.

İnsan, düşmeden güçlenmez. Tüm düşüşlerinin tek bir sebebi var: Kendi içindeki potansiyelini bulabilmen.

O yüzden mücadele sensin, onun için buradasın.

∞∞∞∞∞∞

Şimdi tüm vücuduna odaklanmanı istiyorum. Organlarına, uzuvlarına, damarlarına, kanına kadar hepsi sağlıklı mı? Kulakların duyuyor, burnun koku alıyor, gözlerin görüyor, ellerin hareket ediyor, ayakların yürüyebiliyor mu?

Eğer evetse şükürler olsun.

Şimdi endişelerine tekrar odaklan. Hepsi gelecekle ilgili görüntü. Bu dünya tamamen görsel. Gözünün gördüğü her şeyi gerçek zannediyorsun. İnsanların yaşamları, başkalarının fotoğrafları, kulaklarının duydukları seni yalnız hissettiriyor. Sen de arzu ediyorsun, onlar gibi olmayı ya da daha farklı olmayı. Hepsi bir illüzyon. Tekrar derin bir nefes al ve şükretme yolculuğuna başlayalım.

Karanlığın içinde yavaşça yürü, yavaşça. Önünde kocaman bir kapı var. Rengini düşün, o senin kapın. Ve arkasında tamamen özgür, mutlu, huzurlu ve ait hissedeceğin bir enerji alanı var. Tamamen Tanrısal, evreni ve seni yaratan, muhteşem enerjiyle her yerde. Bir lütufla, bir emirle, bir istekle dünyaya geldin. Kapının arkasındasın, tek arzun mutlu olmak, hazır mısın? Önce yapman gereken şeyler var. Şimdi kapıyı açacak anahtarın şifresi söylemlerinde. Sana söyleyeceğim telkinleri tekrar et ve sonra kapının açılışını izle.

- "Sahip olduğum her şey için şükürler olsun."
- "Ben bedenen ve ruhen tamamım."

- "Her şeyi isteyebilecek, her şeyi hayal edebilecek ve her şeye ulaşabilecek gücüm var."

- "Ve bana bu armağanları veren evrenin yaratıcısına teşekkür ediyorum."

Şimdi derin bir nefes al ve kapıya bak. Yavaşça açıldı, seni bekliyor. Muhteşem bir ışığın içine girdin. Artık vücudun yok, tüm hücrelerin atomlarına ayrıldı. Bembeyaz ışık saçıyorsun, enerjinin kendisisin. Burada hiçbir eşyaya, hiçbir paraya, hiçbir insana, hiçbir arzuya ihtiyacın yok. Tamamen evrenle ve evrenin yaratıcısıyla buluştun.

Şükrediyorsun, şükrediyorsun, şükrediyorsun.

Aldığın nefese, evine, sevdiklerine, kazandıklarına ve kaybettiklerine.

Gözünün gördüklerine, çantana, arkadaşlarına, parana, parasızlığına şükrediyorsun.

Çünkü sen varsın.

Sen, şükrünle her şeye ulaşabilirsin. Bu enerji alanı senin ve tamamen girmek istediğin duyguda kalabilirsin. Annenin karnında gibisin, hiçbir şeye ihtiyaç duymuyorsun. Sadece varsın. Şimdi tüm bedenine ve ruhuna, iliklerine kadar şükrü çek. Damarlarında şükretmenin enerjisi var. Öyle muhteşem ki Allah tarafından kabul ediliyorsun. Tek arzun burada olmak.

Bütün vücudun şükretmenin muhteşem gücüyle doldu. Yavaşça kapıdan çık. Bir kez daha şu sözü tekrar et:

"Sahip olduğum her şeye şükürler olsun."

Derin bir nefes al, yavaşça geri gel. Tekrar yaşamaya, her şeyin üstesinden gelmeye, tekrar mücadeleye hoş geldin.

Her şeye şükretmeye, her mücadelenin başında ve sonunda teşekkür etmeye, *iyi ki varım* demeye hoş geldin. Şimdi yatağında veya koltuğundasın, gözlerin kapalı bir meditasyonun içindesin. Yavaşça bedenini hisset, ellerini, gözlerini dünyadaki varlığını hisset.

Buradasın. İstediğin zaman şifreni söyleyerek o kapıdan içeri tekrar girebilirsin. Şükretmek, senin yaratıldığın gün bilinçaltına kodlandı. Orası senin ödülün. Tekrar derin bir nefes al ve yavaşça ver. İstediğin zaman gözlerini açabilirsin.

Cesaret

Daha cesur, daha güvenli ve daha emin olmak ister misin? Eminim ki sen de istiyorsun ama bazen endişe ve korkular yüzünden cesaret gösteremediğimiz olaylar olabiliyor. Ancak cesaret, arzularımızın ve öfkelerimizin azaldığı noktada ortaya çıkan bir değer. Cesaret senin genlerinde var ve bu muhteşem duyguyu biraz sonra birlikte deneyimleyeceğiz.

İstersen gözlerini kapatabilirsin, müsaitsen uzanabilir ya da oturarak bu meditasyonu gerçekleştirebilirsin. Önemli olan kendini güvende ve rahat hissetmen. Ellerin bedeninin hemen yanında, avuç içlerin yukarı bakacak şekilde yatıyorsun. Tüm evrene açık olduğunu belli eder şekilde çünkü şu an endişesiz ve sakinsin. Derin bir nefes almanı istiyorum ve nefesi alıp verdikçe gevşediğini hisset, nefes al ve ver, tekrar nefes al ve ver.

Bazen cesaret içimizde bulmakta zorlandığımız bir değer olabilir. Bu meditasyonla birlikte içindeki cesur ve korkusuz seni keşfedeceksin.

Şimdi senden yavaşça gözlerini kapatmanı istiyorum. Derin bir nefes al ve ver, bir kez daha nefes al ve yavaşca ver. Şimdi rahatla, tüm bedeninle olduğun yere teslimsin. İçindeki o büyük cesaret dilediğin zaman ortaya çıkacak. Birazdan tüm gerginliklerini, tüm endişelerini, tüm umutsuzluklarını ve kaygılarını evrene bırakacaksın. Hiçbiri seni yok etmek için gelmedi. Hepsi bir şey öğretmek için burada ve sen vücudunda dolaşan o muhteşem enerjiyle birazdan hepsini kucaklayacaksın. Sadece enerjine odaklan. Omuzlarındaki ve sırtındaki bütün yükün bir tüy kadar hafiflediğini düşün. Çünkü tüm sorumluluklar sen istediğin için geldi.

Bu kadar mükemmel ve dört dörtlük olmaya gerek yok. Her şey istediğimiz zaman olmayabilir. Sen yavaşça endişe ve korkularından arındığını hisset. Cesaretini engelleyen tüm olumsuz düşünceler yavaş yavaş kayboluyor. Cesaret, kalbinin ve zihninin arasında güçlü bir bağ oluşturdu. Hem aklınla hem de duygularınla cesursun. Kimse seni yok etmek istemiyor. Kimse sana karşı değil olanlar sadece bir ilişki. Sevdiklerinle ya da diğer insanlarla kurduğun ilişkide, kimse seni yargılamıyor. Herkes kendi fikrini söylüyor ve artık sen, sana söylenen hiçbir şeyi kişiselleştirmiyorsun. Hepsi evrendeki iletişimin bir parçası. Üstesinden gelemeyeceğin hiçbir şey yok. Şimdi tekrar derin bir nefes alıp, bu özgürlüğün ve cesaretin odağında kalmanı istiyorum. Daha da rahatladıkça bedenin ve zihnin tüm kontrolü senin dikkatine bıraktı. Burnundan aldığın derin nefes tüm vücudunda iyileştirici bir enerjiye dönüşüyor. Bu enerji, cesaretini toplaman için tüm vücudunu harekete geçirdi ve sen, cesaretin sakinlikten sonra geldiğini artık kabul ediyorsun. Hazırsan bundan sonraki yaşamında daha da cesur olman için, içine küçük küçük sözler bırakacağız, hadi birlikte tekrarlayalım. Kendime ve kararlarıma güveniyorum, sahip olduğum cesarete inanıyorum, sakinliği kabul ediyorum, dünyadaki tüm canlılarla barış halindeyim. Evet, şimdi nasıl hissediyorsun? Gözlerinin içindeki enerjiye iyice odaklanmanı istiyorum çünkü biraz sonra gözlerini açtığında cesaretini gözlerinle evrene göndereceksin. Kendini olabilecek her duruma hazır hissediyorsun. Bunun için gerekli cesaret sende var. Geçmişten getirdiğin çocukluğunda edindiğin, sonradan kazandığın tüm endişeleri ve olumsuzlukları tamamen bıraktın. Sen, kendinsin ve cesaretin kendiliğinle ortaya çıktı. Ve geçmişte cesaret gösteremediğin tüm deneyimler bir toz bulutu gibi uçup gitti. Yaşadıklarına alışmak senin en büyük gücün. Hiçbir şeyi unutmuyorsun ama hepsinin anlamı değişti, artık yeni bir anlamın var. Cesursun, sakinsin ve kararlarını bazen bekletebilirsin ve bu özgüveni bütün vücudunda hissediyorsun. İstediğin zaman, istediğin yerde, istediğin şekilde bu özgüveni tekrar ortaya çıkarabilirsin. Yapman gereken derin bir nefes alıp kendini akışa bırakmak. Şimdi derin bir nefes al, ver. Deneyimlediğin her şeyi kabul ettiğini ve tamamen benliğine yerleştirdiğini kabul et. Dilediğin zaman gözlerini açabilirsin. Benimle birlikte meditasyon yaptığın için teşekkür ederim.

Benim Kumsalım

Bu meditasyon, imgeleme yöntemi ve çekim yasası kurallarını çalıştırmak için kullanacağımız bir tekniktir.

Rahat bir yere geçebilir ve dilersen oturabilir ya da uzanabilirsin. Rahat ol. Şu an güvendesin ve hiçbir şeye ihtiyacın yok. Önce burnundan derin bir nefes almanı istiyorum. Şimdi yavaşça nefes ver, nefes al, nefes ver. Gözlerini kapatabilirsin, aldığın her nefes seni biraz daha sakinleştiriyor. Rahatlıyorsun ve bulunduğun yerde hafiflediğini hissediyorsun. Nefes al, nefes ver.

Aldığın her nefeste olumsuz düşüncelerinden arınıyorsun. Bu olumsuz düşünceler aklından geçip gidiyor. Nefes al, nefes ver. Bulunduğun odanın içindeki varlığını hisset. Ayak parmaklarını, dizlerini, karnını, omuzlarını, kollarını ve başını her bir hücreni hissetmeye çalış. Hepsinin hafiflediğini ve bir tüy gibi olduğunu hissediyorsun, zihnin hafifliyor, gözlerin rahatlıyor.

Sen hafifledikçe ayaklarından başlayan bir ışık bedenini sararak seni koruması altına alıyor. Ayak parmaklarında bu güçlü sarı ışığı hissediyorsun. Yavaşça sana huzur vererek bütün bedenini kaplıyor. Dizlerini sarıyor, bacaklarından karnına doğru ilerliyor. Bu hafif ama güçlü sarı ışık, oradan sırtına ve saçlarının arasına yayılıyor. Onu hissetmek seni tüm kaygılarından arındırıyor.

Bütün gücünü hissediyorsun. Bu ışık seni bulunduğun odadan çıkartıyor ve gün batımında bir kumsala bırakıyor. Ayaklarının kuma değdiğini hisset. Kum ne renk, sıcak mı? Kumsalı gözlemliyorsun. Nasıl bir yer? Geniş mi? Bembeyaz kumları mı var? Deniz nasıl? Mavi mi? Yoksa yemyeşil mi? Kumsal temiz mi? Burada huzur içindesin, aklında şu an buranın dışında hiçbir yer yok. Rahatla ve kumsalın tadını çıkar. Tek başına tamamen sana ait bir kumsaldasın, üzerinde ne olmasını istersen onlar var ve yanında kimlerin olmasını istiyorsan hepsi yanında. Kendini güvende hissediyorsun, burası senin kumsalın, her şeyin senin istediğin gibi olduğu güzel bir kumsal. Bu kumsalda neler var? Biraz kumsalı gözlemlemeye ne dersin?

Deniz kenarında kısa bir yürüyüş yapıyorsun ve yarattığın kumsalı izliyorsun. Güneş içini ısıtırken yavaşça turuncuya doğru renk değiştiriyor ve eşsiz gün batımı seni enerjisiyle besliyor. Ona bakarken huzur içindesin. Her şey olması gerektiği gibi... En doğru ve en iyi halindesin. Kumsalında istemediğin şeyler varsa onları gönderebilirsin. Her şeyi değiştirebilirsin, sonsuz ışığın sana verdiği güçlü enerji sayesinde istediğin her şeyi huzur içinde, kendini hiç yormadan gerçekleştirebilirsin.

Şimdi önüne üç tane taş çıkıyor. Bu taşlar ne renk? Islaklar mı? Değerli taşlar mı? Bu üç taşın her biri gerçekleşmesini istediğin bir hayalini temsil ediyor, bu taşları hangi hayallerinle birleştirmek istiyorsan, bunu yapmak için yeterince zamanın olduğunu bil.

Zaman senden yana. Senin için en hayırlı şeyleri dilediğin taşların bir tanesini al ve olmasını istediğin niyetini söyleyerek denize doğru hafifçe at. Taşlar suya düştüğünde rahatlatıcı bir ses çıkarıyor, şimdi diğer taşlar için de aynısını yap.

Yavaşça bir dileğini daha suya gönder. Deniz sana bütün cömertliğiyle cevap verecektir. Ve son olarak üçüncü taşı da dileğini sonsuz cömertlikle yanıt almak üzere suya gönder ve şu sözleri tekrar et.

- Dilediğim her şeyi yaşamak için hazırım.

- Dilediğim her şey de beni diliyor, evren beni dileklerimle buluşturmak için şu andan itibaren harekete geçti.

Sana huzur veren kumsalına tekrar bak. Hissettiğin enerjiyi içinde koru. İstediğin zaman tekrar ziyaret edebileceğin kumsalına ve manzaraya son bir kez daha bak ve bunlara sahip olduğun için denize, güneşe ve huzurlu kumsalına teşekkür et. Dilediğin zaman gözlerini açabilirsin.

İYİLİK VE KÖTÜLÜK

Yaradan bu dünyaya iki duygu göndermiş. İyilik ve kötülük! İyiliğin içine sevgi koyun, merhamet, şefkat, yardımlaşma, saygıyı da koyabilirsiniz. Kötünün içine de yalan dolan, hırsızlık, aldatma, cinayet, tecavüz, küfür, kötü davranma, şiddet gibi birçok konuyu ekleyebilirsiniz. Öfke de orada, nefret de orada, kötüye dair her ne varsa.

En kötüyü düşünmenizi istiyorum sizden. Pisin de pisi, Allahım bu da mı olabilir diyeceğiniz en kötü şeyi. Bir adam çocuğunu öldürse bu çok kötü bir şeydir, dediniz var sayalım. Bunu düşünürken bile rahatsız oluyorsunuz değil mi? Bu bir cehennem baktığınızda, sizin için en kötü olan cehennemdir sonuçta. Şimdi de en iyisini düşünün. Günahsız, yalansız, sürekli iyi ve mutlu anların yaşandığı bir hayatı. Mümkün mü?

....

İyilik ve kötülük dünyada vardır, ancak yüzde yüz iyilik ve yüzde yüz kötülükten bahsedemeyiz. Salt iyiden oluşan bir insan ancak hayallerde olur.

....

Ancak şunu da bilmeliyiz ki bu hayatta ne iyilik bitecek ne de kötülük. Bu da mı olacaktı dediğiniz, şaşıracağınız kim bilir ne kötü haberler duyacaksınız daha. İlk insanlardan beridir var iyinin ve kötünün savaşı hem de. Mağaralardaki insanlar da salt iyi özelliklerle donatılmamışlardı. Birbirlerini parçalıyor, belki birbirlerinin yavrularını öldürüyorlardı.

Dolayısıyla bizim iyi ya da kötü olarak nitelendirdiğimiz tanımlar ilk çağlardan beri yapılan bilinçdışı eylemlerdir. Aslında Tanrı'nın dünyaya attığı insanlara lütfettiği özellikler. Mağaralardaki insan medeniyetler kurmaya başladığında da aynı bilinçdışıyla hareket ediyor tabii ki. Öldürmek arzusu o zaman da bir olay, şimdi de... Öldürmese belki kendisi ölecek. O kabileyi yok etmese, diğer kabile onları yok edecek. Zamanla öldürme bir cezaya dönüşüyor ancak elde etme arzusu hiç bitmiyor. Öldürmek illegal bir eyleme dönüşürken elde etme, mülk sahibi olma ve ele geçirme aslında teşvik ediliyor. İspanyollar Amerika'da sadece toprakları ele geçirmediler. Yerli halkı öldürdüler, onlara tecavüz ettiler ve mümkünse onları da mülkleri haline getirdiler yani köleleştirdiler. Şimdi günümüzden bakınca hangisi daha vahşiymiş, acımasızmış tartışmaya açık öyle değil mi?

Elde etme arzusu konularından biri de para. Para için neler yapılıyor? Bireysel örnekler vermeyelim desek, ilaç sektörü neler yapıyor dersiniz? Silah endüstrisi para için neler yapmıştır demeyeceğim, neler yapmamıştır sizce? Uyuşturucu ticaretinin amacı para kazanmak hem de illegal yollardan. Bu arzu için neler olmuyordur acaba o baronlar, çeteler ve uluslararası illegal örgütler arasında? Bireysel örnekler de verelim mi? Para elde etme arzusu nelere yol açıyor biraz daha net olsun aklımızda. Nenesini öldürüp bileziklerini çalan da var, arkadaşını iyi bir para için yarı yolda bırakan da. Para için evlenen de var, parayla saadetini sağlayan da. Para için ailesini, çoluğunu çocuğunu bırakıp gurbete giden de var, para için bir daha yurduna dönmeyen de. Arzu! Hepsi içinde yaşama kaygısı barındıran ancak bir süre sonra kontrolden de çıkabilen bir acayip güdü.

Yaşama isteği, öne çıkma, ilk sıralarda yer alma güdüsü, en iyi kadını/adamı seçme gayreti, üreme güdüsü neler yaptırmıyor ki. Birileri tecavüz ediyor, birileri yalan söylüyor, birileri aldatıyor, birileri dolandırıyor... Liste uzar gider. Ne diyorduk, iyi ve kötü, iyilik ve kötülük. Bu örneklerdeki insanlara sorsak, mesela ilaç sektörünün önde gelen uluslararası bir markanın CEO'suyla konuşsak, desek ki aslında şu ilacı bulmuşsunuz ama beş sene sonra piyasaya sürecekmişsiniz, neden? İnanın kendince çok mantıklı bir açıklaması olacaktır. Nenesini öldüren adama sorsak, ulan değer miydi iki bilezik için öldürmeye, eminim zırdeli değilse kendine göre onun da bir açıklaması vardır. Çocuğunu çöp kenarına bırakıp kaçan annenin de, çocuğuna ani bir sinirle tokat atan babanın da, hepsini karşımıza alsak bir açıklamaları vardır.

....

Ancak o açıklamalara rağmen biz iyiliğin ve kötülüğün kendimiz için olan kırmızı çizgisini biliriz. O çizgi bizim yaşam felsefemizi de belirleyen kolay kolay aşılamayan bir sınır bölgesidir.

....

Bir taraftan da kötülük kadar iyilik de var. O da içimizde yer alıyor. Kötülüğü yapanların içinde de vardı, belki azdı, belki ekmek kırıntısı kadardı ama yine de vardı. Kültürlerin, inançların, öğretilerin çoğu da iyiye çağırmak üzerine kurar metinlerini. Herkes iyi bir insan olmanın yolunu arar. İyi insanlarla görüşmeye çalışırız. İyi ilişkiler kurmaya çalışırız. İnsanları tanımlarken "iyi" bizim için başat bir göstergedir. İyilik aşağı iyilik yukarı konuşuruz dururuz. İyi bir insan olduğunu kanıtlamaya çalışan ünlüleri gazetelerde, televizyon programlarında görürüz. "Vay be, aslında ne de iyi adammış," der şaşırırız. Biri bize hatırımızı sorduğunda "iyiyim," deriz. İyilik hali sürekli dilimizdedir.

İyi de bu kadar iyinin içinde, üstelik kötülüklerden bu denli kaçarken nasıl oluyor da kötünün içinde kalınıyor? Aslında insanın kötü olarak gördüğü, kaçtığı şeyler onun bilinçdışında zaten var. Korkuyor da onlardan. Yani siz hiç, "onu öldürmek istedim, zor tuttum kendimi," diyen birine rastlamadınız mı? "Tam boğazına sarılacakken, zor ayırdılar bizi," diye edemediği kavgayı anlatan biri olmadı mı çevrenizde? Çünkü var, hepimizde var o arzu. Bilinçdışından gelen ancak bizi ele geçirmesine asla müsaade etmediğimiz bir alan orası. Bazıları işte bu alanın içinde kalıveriyor. Kültür, bilinçdışını hapsetmemiz anlamında başat bir rol oynuyor. Ayıplar, günahlar, yasaklar, kural ve kaideler kişinin içindeki o kötücül varlığın ayağına prangalar vuruyor. O kötülüğü yapma arzusu olan birini engellemiş oluyor. Bu kural ve kaidelerle büyüyen topluluklar, gelecek nesillere de o kötülükleri ayıp, günah, yasak, cezası var, şeklinde aktarıyor.

Kötü diye tanımlanan her şeyden bahsediyorum. Cinayet de olabilir, yalan söylemek de. Dolandırıcılık da olabilir aldatmak da. Hırsızlık da olabilir sapkınlık da. "Ben iyi ahlaklıyım," derken ahlaksızlığın ne olduğunu biliyor insan. "Ben iyiyim," derken tam zıddı olan kötünün farkında.

İyilik yapmak istediği kadar kötülük de yapmak istiyor mu peki? Dediğimiz gibi kötülükten daha çok kaçmaya çalışıyor. Ancak yalan söylüyor mesela. Aldatıyor mesela. Adam öldürmüyor ancak dolandırıyor insanları. Belki o insanları ölmekten beter ediyor, bilmiyoruz ki. Demek ki iyi insanla kötü insan olmak arasında keskin çizgiler de yok. Tercih etmek, bir yola düşmek ve o yolda yine tercihlerle ilerlemek var. Yalan söylediğiniz kişiye "ben çok iyi bir insanım," dediğinizde rol mü yapıyorsunuz yoksa samimi misiniz? "Ben seni asla aldatmam," derken önceki ilişkilerinizi gözden geçirip mi söylemiştiniz bu cümleyi?

Kimseyi yargılamak *bunlar iyidir, bunlar da kötüdür* demek değil derdimiz. Derdimiz siyah kadar beyaz, iyilik kadar kötülük olabilir içinizde bunu anlamanız. Sütten çıkmış ak kaşıklığı bırakmanız. Önce kendinize sonra da karşınızdaki, çevrenizdeki, evinizin içindeki, koynunuzdaki insanlara samimiyetle yaklaşmanız. Rol yapmamanız. Dürüst olacağım diye, kendinizi kandırmamanız. İyinin içinde sevgi vardır, önce bunu bilmek lazım. İyinin içindeki sevgi gittiği her yeri ısıtır. Şefkat vardır iyide. Vicdan ve yaşatma arzusu barındırır. Kötülüğün en başat duygusu ise arzudur. O arzu senin yaşama sarılmanın en temel özelliğidir aslında. Bu, arzular kötüdür anlamına gelmiyor demek ki, ancak dizginlenemediğinde, kontrolden çıktığında başka bir eyleme dönüşüyor. Arzu kötülüğün içindeki siyah ve aynı zamanda beyazdır da. Eğer o arzu, o enerji doğru şekilde kullanılırsa örneğin sanata dönüşebilir. Yine siyahın içinden bir beyaz çıkıyor. Müziğe yönlendirilebilir o enerji. Beyaz... Resim olabilir. Beyaz...

Bir pandemi oldu dünyada. Ne şarkı dinleyebiliyor insanlar ne resim yapabiliyor ne de dans ediyor. Çünkü çaresizlik, öfke, üzüntü, kaygı başka bir yönünüzü besledi, oradan çıkıp o kötü enerjiyi dönüştürüp dış dünyayla tekrar bağ kurmak bir günde olacak iş değil. Ancak yine toparlanacak insanlar. Yine üretecekler, yine siyahtan beyaza geçecekler. Şarkılar, resimler, dans olmasa, sanat olmasa özellikle insanlar inanın kötülüğe bulanırlar. Beyazın kendisi sanattır; ancak siyah sanat değildir. Siyah, sanata ihtiyaç duyar.

....

Derin arzularımızın dışarı çıkmasına ve
olumlu bir enerjiye dönüşmesine yardımcı
olur sanat. Bir şarkının içindeki küfürle,
bir tablonun içindeki kırmızı renkle, bir
koreografideki çığlıkla, sinemanın sınırsız
dünyasıyla, tiyatroyla...

....

Bazen keşke eskiler, bu aktarımları bize "ayıp, günah, korku, yasak şeklinde değil de bak iyi var ama kötü de var. İyiden gitmek en doğrusu ancak kötünün de olduğunu bil," şeklinde yapsalardı. Hep iyinin peşinden gitseydik ama içimizde kötünün de olduğunu bilseydik.

Biz, artık bilenler için devam edelim. İçimiz iyilikle dolu ama biliyoruz ki kötülük de bir yerlerde gizleniyor. Bunu kabul ettiğiniz zaman, beyniniz de hep doğrunun peşinden gidecek, sağlıklı tarafta kalmayı seçecektir. İyiliğe de kötülüğe de nezaketle karşılık vermek lazım. O nedenle iyiymiş gibi olmakla iyi olunmuyor. İyi bir insan olma yolunda yaşamak en doğrusu. Karşıdaki insana verilebilecek en nezaketli de davranış. Birine karşı "çok iyi insan ama," diye başlayan cümleler kurmaktansa onu iyi ve kötü yönleriyle kabul etmek daha doğru ilişkiler kurmanıza yardımcı olacaktır. Dünya ölmeden önce size cenneti de cehennemi de yaşatıyor. Cennet ya da cehenneminizin ortasında duran sizin, nasıl bir hayat yaşadığınız da size kalmış. O hayata cennet ya da cehennem gözüyle bakmak da sizin tercihiniz.

Bir de yetişkin birinde gördüğünüz kötü emarelerin tohumlarının –taciz, tecavüz, şiddet, hırsızlık gibi– çocukluktan atıldığını aklınızın bir köşesinde tutmanızı istiyorum. Özellikle çocukken zorbalık gören çocukların yetişkin bir birey olduğunda hayvanlara, insanlara ve doğaya aynı şekilde karşılık verdiğinin örnekleriyle dolu hayat. Bu nedenle en başta zorbalıkla insan henüz çocukken mücadele etmek şart. Arkadaşları, ailesi, öğretmenleri tarafından zorbalığa, taciz ve istismara uğrayan çocuklara bir an önce sahip çıkılması, olay ört pas edilmeden sorumluların yargı önünde cezalandırılması ve çocuğun hızla gerekli psikolojik ve fiziksel tedavilerinin gerçekleştirilip yeniden topluma kazandırılması şart. Bu nedenle insanın kendine ve çevresine yapabileceği en büyük iyiliklerden birisi de gözünü dört açması ve çevresine karşı kayıtsız kalmaması olacaktır.

Son olarak, bu kitabın başından beri size anlatmaya çalıştığım konuya bir kez daha geliyoruz aslında.

....

İçimizdeki duygulardan kaçmak yerine onları şefkatle kabullenmek ve hastalandığımız, rahatsız olduğumuz duygu ve eylemlerin farkına varıp onları iyileştirmek gerek.

....

Bunun yolu da kendini bilmekten, olduğumuz kişiyi dönüştürmekten, yenilenmekten ve sonuç olarak iyileşmekten geçiyor.

İYİLİK VE KÖTÜLÜK ÜZERİNE UYGULAYABİLECEĞİNİZ MEDİTASYONLAR

Sabah Meditasyonu

Günaydın canım, nasılsın? Umarım iyisindir, bilemiyorum iyi misin, değil misir.? Eğer değilsen birlikte bir meditasyon yapalım, ne dersin? Eğer iyiysen, gel bunu kalıcı hale getirelim, buna ne dersin?

Umarım bir acelen yoktur çünkü biraz sonra belki okula, belki de işe gideceksin, belki de dışarıda işlerin var bilmiyorum; ama gün boyunca kendinden uzak kalacaksın. Gel, gün başlamadan kendinle buluş. Hazır mısın?

Önce rahat bir yer bul kendine, istersen otur, istersen uzan. Derin bir nefes al ve nefesi verirken gözlerini kapat. O muhteşem güne başlamak için, tekrar derin bir nefes al ve güzel enerjiyi hisset.

Yaşadığın yerde yağmur mu var, kar mı bilmiyorum, güneş mi var, rüzgâr mı bilmiyorum. Büyük bir evde misin, küçük bir odada mı, belki iş yerinde, belki arkadaşındasın, belki de bir otel odasında onu da bilmiyorum. Nerede olursan ol, dünyada beraberiz. Bedenlerimiz farklı yerde olsa da şunu bil ki bu satırları okuyan herkesin biraz sonra ruhu bir araya gelecek. Sen şu an derin bir nefes alıyorsun ve nefesi verdikçe tüm kabulleniş başlıyor. Şunu tekrar et:

- "Ben dünya insanıyım."
- "Her şeyim diğerlerinden farklı olabilir ama hepimiz insanız."

Tekrar derin bir nefes al ve bedenine odaklanmaya başla. Tüm bedenini hisset, ayaklarını, ellerini, sırtını, kalçanı, omuzlarını. Vücudunun her bir noktasını çünkü birazdan gün içinde tüm bedenin, yaşam denilen yolculukta harekete geçecek.

Çözeceğin problemler, satın alacağın eşyalar, görüşeceğin

insanlar ve çok kalabalık olayların içine gireceksin. Bu senin hayatın ve sen bu hayata kendini iyi hissederek başlıyorsun. Önce kocaman bir şükret çünkü buradasın. Birbirimizi dinleyebiliyor, hissedebiliyor, anlayabiliyoruz. Tüm bedenini gözlemlemeni istiyorum. Her bir noktası, her bir organın sağlam ve sağlıklı mı? Derin bir nefes alabiliyor musun? Gözlerin görüyor mu? Kulakların duyuyor mu? Ellerin, vücudun şu an oturduğun ya da uzandığın yeri hissediyor mu? Aklında hâlâ geçmiş, gelecek ve şimdi var mı? O zaman derin bir şükürle başlayalım çünkü bunlar varsa bugün yaşayacağın her şeyi çözebilirsin.

Sen, Allah tarafından verilen bu muhteşem hediyeyi yani bedenini, ruhunu nasıl değerlendireceksin bugün? Planlarını az da olsa aklına getir ve içindeki muhteşem enerjiye odaklan, rahatla.

....

Ne kadar kaygın olursa olsun, rahatla.

....

Düşündüğün, dert ettiğin hiçbir problem seni yok etmeyecek.

....

Ve sen, bu muhteşem gücünle onlarla baş edeceksin.

....

Tekrar derin bir nefes al. Aldığın her nefes bugün tertemiz bir sayfa açmanı sağlıyor. Ve hazırsan, benimle birlikte şu sözleri tekrar et:

- "Şu ana sahip olduğum için teşekkür ederim."
- "Sağlıkla ve bütün olarak uyandığım için şükrederim."
- "Geçmişteki sabahlar gibi bu sabah da uyanabildiğim için teşekkür ederim."

Şimdi derin bir nefes al. Bu güzel güne başlarken attığın

her adımda sadece yanında olan huzur ve mutluluğu değil; olmayan tüm duyguları da yanına almanı istiyorum. Belki sen de bugün öğlene kadar her gördüğün insana *günaydın* dersin. Şimdi birbirimizle kurduğumuz bağ gibi, sen de sevdiklerinle bağ kurabilirsin. Oluşturduğun bu tertemiz zihinle, sakinliğini dilediğin gibi koruyabilirsin.

Muhteşem bir gün olacak, küçük engellerine rağmen. Harika deneyimlerin olacak, bazı problemlere rağmen. Sen, kendine inan, akışa inan ve seni yaratana inan. Dilediğin zaman gözlerini açabilirsin.

Başarı

Seninle başarı üzerine bir meditasyon yapacağız ama önce bir anlaşma yapmamız lazım. Şu cümleyi zihninin her bölgesine yerleştirmeni istiyorum.

"Başarısızlık diye bir şey yok, sadece sonuçlar var."

Sahip olmak istediğin kariyer ve başarının anahtarı sakin bir zihinde saklı. Ona ulaşabilecek tek kişi sensin. Şimdi senden rahat ettiğin bir yere oturmanı istiyorum, eğer istersen uzanabilirsin de. Etrafındaki tüm uyaranlardan uzaklaş. Unutma, bu zaman sadece sana ait.

Şimdi derin bir nefes almanı istiyorum, nefes al ve ver. Her nefes alıp verişinde, bedeninin gevşediğini ve rahatladığını hisset. Kasların, vücudun hatta kemiklerin bile rahatlasın çünkü tüm vücudunda kendini başarısız hissettiğin anların enerjisi dolu. Hepsini özgür bırak. Eğer zihninde olumsuz düşünceler varsa onları bir bulut gibi gönder ve her birinin tek tek gidişine tanıklık et. Tekrar derin bir nefes al ve ver. Bedeninde gezinen nefesin güçlü bir enerjiye dönüştüğünü hisset. Tüm vücuduna yavaş yavaş yayılıyor. Saçlarından yüzüne, boğazından omuzlarına, omuzlarından kollarına ve tüm vücuduna yayıldı. Kasıklarından bacaklarına, bacaklarından ayaklarına ve ayak parmaklarına kadar.

Kendini bu muhteşem enerjiye teslim et. Tekrar derin bir nefes al ve ver. Bedeninde gezen bu muhteşem enerji, şu an yoğun bir şekilde alnında toplandı. Ayak parmağından yukarı doğru, karnından boğazına, boğazından çenene, çeneden alnına iyice yerleşti. Alnının hemen üzerinde bulunan bu muhteşem enerji, sen gevşedikçe güçleniyor ve seni boş bir odaya götürüyor.

Bu odanın çatısı yok. Başını kaldırdığında masmavi gökyüzünü görüyorsun. Odanın bembeyaz duvarları var. Yavaşça bu beyaz duvarlara dokun. Kendini çok iyi hissediyorsun, güvendesin.

Bu odadan kariyerinde sonsuz bir başarı için sana gerekli olan anahtarı alıp çıkacağız. Şu an odanın açık tavanından içeriye seni mutlu eden bir rüzgâr girdi. Odanın tam ortasında bir masa var ve üzerinde bir sandık. Bu sandık sen niyetlerini söyledikten hemen sonra açılacak.

Başarı için gereken her şey sende var. Sen, bu dünyaya iyi bir yönetici, doğru bir lider olmak için geldin. Tüm hayallerin, hedeflerin bu yönetici becerin ve liderliğinle gerçekleşecek. Bu iki özellik senin kişiliğin.

Geçmişten bu zamana kadar getirdiğin tüm performansın. Ancak hepsini doğru kullanabilmen için içindeki o muhteşem anahtara ihtiyacın var. Bu anahtar, bilinçaltından kendine söylediğin sözler. Şimdi seni başarısız hissettiren tüm olumsuz düşünceleri gönder. Yeni, muhteşem ve seni başarıya götürecek sözleri tekrarla:

- "İş hayatımla başarılıyım."
- "Hak ettiğim değeri görüyorum."
- "Sonsuz ve üretken bir zihne sahibim."
- "Limitlerimi aşmayı seviyorum."
- "Tüm sonuçları kabul ediyorum."
- "Hayatta başarısızlık diye bir şey yok, sadece istenmeyen sonuçlar var. Ama hepsini değiştirebilirim çünkü bu dünyaya başarılı ya da başarısız olmak için gelmedim."
- "Tüm deneyimlerim başarıyla gerçekleşti ve hiçbir sonuç benim kim olduğumu belirlemeyecek."
- "Her sonucu kabul ediyorum."

- "Hedeflerim için gereken sabrı, yeterli aklı ve iyi bir çevreyi kendim kazanıyorum."

- "Ben, deneyimin kendisiyim."

Artık kendini hazır hissediyorsun. Az önce bir sandıktan bahsettik. Masanın üstünde duran bir sandık ve artık anahtarın var. Şimdi o sandığa doğru ilerliyorsun. Sen, sözleri söylerken açılmış olan sandığın içinden başarının ışığı çıkıyor. Limitsiz düşünen zihnin her konuyu pratik bir şekilde çözmek için hazır. Artık kariyerinde başarılı olmak için neler yapman gerektiğini biliyorsun. Kendine açık olmalı ve kariyer yolculuğunda başarı istiyorsan iç sesini dinlemelisin. Sen o ışığın sana söylediği cümleleri artık unutmayacaksın. Her deneyimin başında, ortasında ve sonunda anahtar hep seninle olacak.

Şimdi evrenin yaratıcısına ve evrene sana bu muhteşem anahtarı verip zihnindeki tüm limitleri kaldırdığı için teşekkür edebilirsin. Yavaşça bedenini hissetmeye başlamanı istiyorum. Parmaklarından saçlarına kadar. Tüm bedenini tekrar hisset ve tekrar şimdiye gel. Uzandığın ya da oturduğun yerdesin. Dilediğin zaman gözlerini açabilirsin.

SEKİZİNCİ BÖLÜM

MUTLULUK VE SAMİMİYET

Pozitif olmak mutlu gözükmek demek değildir. Pozitif olmak, hayatta önümüze gelen –bu her şey olabilir– iyi, kötü, az, çok, küçük, büyük, acı ya da tatlı ne olursa olsun bir nezaket ölçüsünde kabul edebilmek demektir.

Kendi içinde bir yolculukla başlıyor pozitif olmak. İnsan kendi acılarına, utançlarına, yasaklarına, sırlarına ne kadar pozitif yaklaşabilirse, yani kendini ne kadar nazikçe, zarifçe işleyebilirse, o kadar yaşamla ilişkisi pozitif oluyor. İçinde yalandan, zoraki bir pozitiflik yok.

İnsanın samimiyeti yaşadıklarını kabullenişiyle alakalı. Yani siz yaşadıklarınızı gerçekten yavaşça hissede hissede kabul ederseniz hayata da samimiyetle bakabilirsiniz. Samimiyetin en handikaplı tarafı dilde fazlaca oluşu ancak genelde karşı taraftan beklenmesi. Herkes duygularında, davranışlarında kesinlikle samimi olduğunu iddia ediyor ancak karşısındaki insanın böyle olmadığı kanaatini taşıyor.

Oysa bizler sözlerini çok çabuk unutan varlıklarız. Öte yandan samimiyetimiz de sorgulanacak kadar ince bir çizgide duruyor. Pek çok şeyi yapabilecek zamanımız varken zamanı bahane ederiz. İşi bahane ederiz, çocukları, hastaydım, şöyle yorgundum, yok param yoktu, yok hiç boş vaktim yoktu.

Emin miyiz? Gerçekten zamanımız yok muydu ertelediklerimiz konusunda? Gerçekten o insanı arayacak vakit bulamadık mı? Gerçekten kader mi bizi buralara getirdi? Evet, derken samimi miyiz şimdi?

Kendimize sürekli engeller koyan bir zihnimiz olduğunu kabul etmekle başlayalım dilerseniz.

Tembelliğimize kılıf da uydurabilecek kadar zekiyiz. "Kırk yaşındayım bir türlü kısmet olmadı, ehliyet alamadım. Yanarım da buna yanarım," dedi biri. Gerçekten kısmet mi olmadı yoksa hayata bu sitemi eden kişi ehliyet almak için hiç adım atmadı mı acaba?

"Mutluluk beni bulmaz. Karşıma hep kötüler çıkıyor. İkinci kez dünyaya gelsem doktor olurdum." Bu cümleleri kurarken ne kadar samimi olduğunuzu kimselere söylemeseniz bile kendinize söyleyin, dürüst olun derim. Gerçekten mutluluk seni bulmadı mı, yoksa yanlış kapıları mı çaldın? Karşına hep kötüler mi çıktı yoksa o kötüleri sen mi çektin? İkinci kez dünyaya gelsen doktor mu olurdun, o şansın bu dünyada hiç mi olmadı? İyi de sınavlarda yaş limiti yok. Henüz otuz beş yaşındasın. Binlerce insan hem çalışıp hem okuyor, senin neyin eksik? Yok olmaz, illa ki engeller koyacak kendine. Koyacak ki başkalarını suçlayabilsin kendisinden başka. Samimi miyiz biz şimdi?

Aslında insan denen canlı iki konuda samimiyet gösteriyor: Biri çıkarları doğrultusunda yalandan bir samimiyet, diğeri de gerçekten yokluğa düştüğünde acıdan kaynaklı samimiyet.

Hayatınızda sevdiğinizi iddia ettiğiniz insana karşı ne kadar samimisiniz? Dünyadaki hayvan zulümlerine karşı, iklim değişikliğine karşı ne kadar samimi duygularla hareket ediyorsunuz? İçte bir duyarlılık vardır belki de hareket? Eyleme geçebilecek kadar samimiyet?

Para kazanmayı çok istiyorsunuz ama olmuyor. Aynı işte yıllardır çalışıyor ancak bir türlü istediğiniz maaşı almıyorsunuz. Bakın, bazen gerçekten hayat ters gitmiştir, kimilerinin gerçekten bu dünyadaki sınavı başkalarından zordur. Benim söylemek istediği o değil. Benim size sorduğum bu sonuçların sebeplerinin ne kadarı samimi, ne kadarı sizin ürettiğiniz bahaneler, kendinize ne kadar yalan söylüyorsunuz? Kalp sizin, ruh sizin, hayat sizin... Cevabı da ancak siz biliyorsunuz.

Para kazanmayı samimiyetle istiyor musunuz gerçekten? Sizin parayla buluşmanızı engelleyen blokajları biliyor musunuz? O kıtlık psikolojisini size aktaran kişi ya da kişileri, olayları anımsıyor musunuz? Parayla ilgili derdinizin ne olduğunu gerçekten keşfettiniz mi?

Hayalimdeki insanla bir türlü karşılaşamıyorum diyenler! Sonsuza kadar yalnız kalacağım, kimse beni bu gidişle sevmeyecek, diye hayıflananlar! Siz gerçekten sevmek ve sevilmek istediğiniz konusunda samimi misiniz? Hayatınıza A'dan Z'ye bakıp çeki düzen verdiniz mi? Bakış açınızı değiştirdiniz mi? Güne istediklerinize kavuşmak için dua etmekle değil, sahip olduklarınıza şükretmek ve dua ile başlamayı alışkanlık edindiniz mi?

Gözlerimi açtım, elimi kolumu hissediyorum, annem babam hayatta, bir işim var, bir köpeğim var, kafamı sokacak bir evim var, hiç kimse yoksa dostlarım arkadaşlarım var, binlerce insan uyanamadan hayata veda ederken hâlâ nefes alıyorum, sağlıklıyım, binlerce şükür, dediniz mi?

Önce pozitif olup pozitif bir kabullenişle ve samimiyetle hayatınızın muhasebesini yapmak, dünü, şimdiyi kabul edip geleceği kucaklamak önemli. *Vişnenin Cinsiyeti** şöyle bir cümleyle başlar:

---

* Jeanette Winterson, *Vişnenin Cinsiyeti*, Çev: Pınar Kür, Kafka Kitap 2021.

....

*"Bir Kızılderili kabilesi olan Hopi'lerin bizimki
kadar incelikli bir dili var, ama geçmiş zaman,
şimdiki zaman, gelecek zaman ayrımları yok.
'Zaman' konusunda ne anlatıyor bu bize?"*

....

Eğer yaşamak konusunda samimiyseniz yolunuz çok açık
sevgili okurlar. Kendi kişisel tarihinizi bölümlere ayırmanıza,
geçmiş, şimdi ve gelecek üzerine kafa yormanıza bile gerek yok.
Yapmanız gereken nefes aldığınız zaman dilimlerini en insan
halinizle sürdürebilmek. Samimi, üretken, şefkatli, merhametli,
vicdanlı, paylaşımcı, yardımsever ve pozitif... Bu özellikleri-
nizle çıktığınız bir yolda sizi inciten geçmişiniz bir kabullenişle
size dâhil olacaktır, şimdide yaşadığınız duygular dengede kala-
cak ve gelecek pozitif duygularla size katılacaktır.

Kişisel hayatınızdaki samimiyet ve pozitiflik yapacaklarınız,
planlarınız, hedef ve hayallerinizde sizin yavaş yavaş ilerleyip
büyümenize yeter de artar bile. Samimi bir insan geçmişi kabul-
lenmiş ve duygularını tanıyan biridir. O nedenle geçmiş onun
için anlayışla rafa kaldırdığı tatlı bir kitaptır. Samimi insan pozi-
tiftir ve gelecek onu vesveseleriyle kaygılandırmaz. Şimdidedir.
Şu an olanla samimiyetle ilgilenir, olumlu ya da olumsuz yaşa-
nan olayı bütün pozitifliğiyle karşılamasını bilir.

Samimiyet ve pozitiflik, anne babadan gelen olumsuz duygu-
ları tanır, onların aktarımla kendisine geçtiğini bilir ve o duygu-
ların şimdiye ait olmadığından emin olur.

....

*Samimiyet ve pozitiflik sizi enayi yapmaz; tam
tersine sizi hayata ve insanlara karşı dik tutar,
güçlü kılar.*

....

Bir hayalinde, hedefinde samimi olan insanın uykularının kaçması da normaldır. Bir işi yapıp yapamayacağını, o olayla baş edip edemeyeceğini de o uykusuz gecelerinde anlar, normaldir. Muhteşem bir potansiyeliniz var. Bu potansiyelinizin toplumsal, kültürel kodlarla, arkadaşlarınızın enerjinizi düşüren yorumlarıyla, ailenizin gereksiz baskı ve aktarımlarıyla eriyip gitmesine izin vermeyin.

Evren size zaman zaman bu potansiyelinizi hatırlatacak işaretler de gönderiyordur mutlaka. Minik, kapı aralığından sızan bir ışık, "sen bu değilsin," diyen bir çağrı. Bu mesajları görmek ve evrenin dilini kavramak için de gerekiyor bu samimiyet. Bu samimiyetten varılıyor gerçek manadaki mutluluğa.

İyi bir sevgili olmak için, iyi bir evlat, eş, baba, ana ve dost olabilmek için samimiyet gerekiyor sevgili okurlar. Bu samimiyet olmadan yaşadığınız ilişkilerin yarı yolda kaldığına şahit oldunuz, derme çatma ilişkilerin içinde boğulduğunuzu sizin kadar iyi kimse bilemez. Mutsuzluktan bezdiniz ve artık tüm bunları aşabilecek donelerin neler olduğunu çok iyi biliyorsunuz. Paradan komşuya, sevdadan kariyere önce gerçekten ne istediğini bilerek, bunda samimi olarak mutluluğu yakalayabilirsiniz.

Yalnızlığınıza ve hissettiğiniz o güçsüzlüğe, çaresizliğe ne kadar samimiyetle bakabilirseniz, onun içinde kalıp acının, olumsuz duyguların içinden ne kadar samimiyetle geçebilirseniz, günü yaşamanız da o kadar kolay olacaktır.

Şu an bir karar verin. Mesela her sabah erken kalkma kararı alın. Bedeniniz ve zihniniz kalkmamanız için türlü bahaneler üretse de önce zorlayarak kendinizi yapın bunu. Saatinizi kurun ve gerçekten eyleme geçin. Sırf erken kalkmayın diye ilk gece uykunuz kaçabilir. Bir türlü uykunuzu almamış olarak sabaha başlayabilirsiniz. Boş verin. Siz sadece samimiyetle niyet edin ve uygulayın. Başarı nedir sanıyorsunuz? Sadece şans mı?

Samimi olun. Unutmayın kendinize samimi olmadan mutluluk sadece uzak bir hayal. Kendinizi sevme konusunda, hayallerinizle ilgili, önünüze çıkan engellere karşı tam bir samimiyet sergileyin. Sorunların çözümünün gerçek bir samimiyet gerektirdiğini aklınızdan çıkarmayın.

Hayalleriniz kadar korkularınızı da sevin. En az yetişkinliğiniz kadar çocukluğunuzu sevin.

İyi günlerinizi sevdiğiniz bir samimiyetle kötü günlerinizi de sevin. Şefkatiniz kadar öfkenizi, gözyaşlarınız kadar kahkahalarınızı... Doğrularınız kadar yanlışlarınızı da kabullenin. Samimi bir sevgiden sadece samimi bir mutluluk çıkar, bundan emin olun.

Kendisiyle yüzleşmiş insanlar pozitif bir bakış açısı geliştirebilirler. Kendine yalan söyleyip kalıcı bir mutluluğa sahip birini tanımadım henüz. Geçmişiyle yüzleşmiş insanlar ancak karşısındakini mutlu edebilir. Geçmişini yok sayıp uzun süreli, sağlıklı bir ilişki yaşanana rastlamadım henüz. Kendinizi samimiyetle sevin. Kendisini sevmeden başkasını kalbiyle, bütün ruhuyla sevebilen biri dünyaya gelmedi henüz. Yaratılanı Yaradan'dan ötürü kabullenin. Kibirli bir kalbin şefkatle sevildiğine şahit olmadım henüz. Kendinize samimiyetle inanın. İnanmadan başaranı tarih yazmadı henüz...

MUTLULUK VE SAMİMİYET ÜZERİNE YARDIMCI OLABİLECEK MEDİTASYONLAR

Daha Sağlam İlişki

Yoğun bir hayat, değil mi? Akrabalar, aile, dostlar, arkadaşlar, eş ya da sevgili. Çok fazla insanla ilişki halindeyiz. Bazen yoruluyoruz bazen de çok güçlü hissediyoruz kendimizi. Ama hayat çok yoğun. Gereken insanlara hak ettikleri zamanı kendi yoğunluğumuzdan dolayı veremeyebiliyoruz. Bazı ilişkilerde yoruluyor bazı ilişkilerde kırılıyoruz ya da kendimizi güvensiz hissediyoruz.

Hayat çok kalabalık. Bu kalabalık istenmeyen bir hız getiriyor ve eminim sen, tüm ilişkilerini daha sağlam hale dönüştürmek istiyorsun. Ama önce şunu kabul et: Çok güçlü olmak zorunda değilsin ve her yere yetişmek zorunda da değilsin. Gereken ilgi, gereken ilişki, sen sakin olduğun zaman, olması gerektiği hale dönüşecek.

Daha sağlam bir ilişki için bazen sakinlik çok önemli bir anahtar olabilir. Şimdi yapacağımız meditasyonla birlikte daha güçlü bir ilişki için ruhsal bir yolculuğa çıkacağız ama önce hazır olman lazım. Rahat edeceğin bir yere uzanabilir ya da oturabilirsin. Şimdi derin bir nefes almanı istiyorum ve nefesini yavaşça ver. Hazır olduğunu hissettiğin an yavaşça aldığın nefesle gözlerini kapat ve nefesin bütün bedeninde muhteşem bir enerjiye dönüştüğünü hisset. Saçlarından boynuna, omuzlarından göğsüne, kollarına, karnına doğru gezinen ve bacaklarında dolaşan muhteşem bir enerji. Geçtiği her yere sakinlik ve huzur bırakıyor. Şimdi tekrar derin bir nefes al.

Dikkatin nefesindeyken kendini bembeyaz bir odada hayal etmeni istiyorum, bembeyaz bir oda. Bu oda sadece senin için var. İçinde kocaman bir ayna duruyor, yavaşça aynaya doğru yaklaş. Aynadaki kişi ilk önce ilişkini düzeltmen gereken kişi, sensin. Bu odada güvendesin, olabildiğince rahat ve huzurlusun. Söylediklerin yargılanmıyor ve sen özgürce konuşabiliyorsun. Aynadaki yansımana ne söylemek istersin? İçinde biriktirdiğin çok şey olabilir. Önce aynadaki kendinle konuş. Şimdi sana birkaç saniye izin vereceğim, aynadaki kendine içinden ne geliyorsa söyle. Ve şimdi derin bir nefes al. Artık aynada başkalarının görüntüsü var.

İçinden üç kişiyi düşün ve birinci olanı aynada gör; kim o? Aranızdaki ilişki nedir? Ona söylemek istediğin şeyleri söyle. İçinde tuttuğun, kırılır ya da üzülür diye söyleyemediğin şeyleri söyle ve hangi duyguyu hissettiğini açıkla. Kızdın mı? Üzüldün mü? Utandın mı? Pişman mı oldun ya da sevdin mi? Şu an seni dinliyor. Aynadaki kişinin seninle bir derdi yok. Her insan kendi ile ilişkilidir. Sana söyledikleri ve yaptıkları kendi dünyası, kendi gerçekleri, kendi yorumları ve kendi duyguları. Aslında o seninle çatışmıyor, iki farklı düşünce ve iki farklı hayata bakış. Derdimiz haklı olmak değil mutlu olmak. Şimdi ona, onu kabul ettiğini, yaşadığınız şeyleri kişiselleştirmeyeceğini, her şeye rağmen onu sevdiğini söyleyebilirsin. Gözlerinin içine bak ve derin bir nefes al. Zor ya da kolay, o kişiyle birlikte olduğun için Allah'a şükret.

Şimdi diğer kişileri düşün, ikinci sırada kim var? Aranızdaki ilişki ne? Ona, şu ana kadar içinde biriktirdiğin her şeyi söyleyebilirsin. Bunlar senin duyguların, bunları dışarı aktarmak sana iyi gelecektir. Sen, bunları söylediğin için yanlış yapmış olmuyorsun, dışlanmıyor, reddedilmiyorsun. Bunlar senin duyguların. Sen bunları söylerken şu an dünya, olması gerektiği gibi dönmeye, yaşamaya devam ediyor ve seni bekliyor.

Onu kabul ettiğini, her şeye rağmen onu sevdiğini, ne olursa olsun konuşarak, düşünerek, anlayarak yaklaşacağını söyle.

Bazı ilişkiler zordur, bazı ilişkilerde mesafe önemlidir. Mesafe düşünmen için bir fırsattır. Ve onunla barıştığını, savaşı bitirdiğini ve yarınlarda birlikte devam etmek istediğini söyle.

Şimdi tekrar derin bir nefes al ve üçüncü kişiye geç, o kim? Aranızdaki ilişki ne ve neler yaşıyorsunuz? Ona olan duygularını düşün, ne hissediyorsun? Bu duyguyu olumlu hale dönüştürmeye ne dersin? O zaman derin bir nefes al ve ona karşı hissettiklerini söyle. Özgür ve rahat bir şekilde söyle. Artık saklamaya gerek yok. Biraz daha gözlerinin içine bak ve ona her şeye rağmen sevdiğini ve kabul ettiğini söyle. Eğer o olmasaydı bu deneyimleri, bu çıkarımları, bu yorumları yapamazdın. Güzel insanlar kadar zor insanlar da çok şey öğretir ve bizi güçlendirir. O zaman zor olan, problemli olan, biraz benci, biraz narsist olan, bazen bizi kıran, bazen ihmal eden insanlar, dünyaya bizi zorda bırakmak için gelmediler. Bize bir şeyleri öğretmek için buradalar. Bu bazen annemiz, bazen sevgilimiz, bazen komşumuz, bazen eşimiz, bazen de çocuğumuz olabilir. Hepsinin bir görevi var, bize bir şeyleri öğretmek. Bu üç kişiyi bize, kendimize bir şeyler öğrettiği için değerli görmeliyiz. Şimdi tekrar derin bir nefes almanı ve o kişileri aynada toplu olarak görmeni istiyorum. İyice bak, hepsi sana seni anlatıyor, hepsine ne hissediyorsan o duygular sana aitler. Sen, kendi içindeki duyguların yansımalarını görüyorsun şu an. Onlar akraban değil, sevgilin ya da arkadaşın değil, dostun ya da komşun değil. Onların hepsi senin içindeki bir duygunun yansıması. Şimdi yansımalarını kabul et ve hepsi için onları sana gönderene şükret. Ve daha güzel yansımalar, daha sağlıklı ilişkiler, daha yeni ve çok şey öğreten insanlar için hazır olduğunu söyle. İstediğin zaman tüm yansımalarınla konuşabilirsin. Meditasyonun başında konuştuğumuz gibi, aynada hep sen vardın, hepsi sendin. Sen bu meditasyon boyunca kendinle konuştun. Çok zengin, çok mutlu, çok kalabalık bir insansın yansımalarınla birlikte. Birazdan gözlerini açacaksın, önce bir anlaşma yapmanı istiyorum. Derin bir nefes al ve şu sözleri tekrarla.

- "Kendimi tüm yansımalarımla kabul ediyorum."
- "Kendimle ilişkim güçlendikçe hayatımdaki insanlarla olan ilişkim de güçleniyor."
- "Sevdiğim, tanıdığım, tanıştığım, tanışacağım tüm insanlar, benim içimdeki duyguların kendisi."
- "Ben, hayattan kendimi topluyorum."

Şimdi yavaşça gözlerini açabilirsin.

Aşk

Önce şunu sormama izin ver: Hiç âşık oldun mu ya da hiç âşık olduğunu zannettin mi? Umarım olmuşsundur, umarım aşka küsmemişsindir. Biliyorum, dünyanın en mutlu insanı olmak istiyorsun ve bunun sadece aşkla olacağını biliyorsun. Ama aşk aradığımız zaman bulabileceğimiz bir değer değildir. O, biz hazır olduğumuzda başımıza gelendir. Sen de temiz bir aşk yaşamak ister misin? O zaman zihninin tüm olumsuz kodlarını birlikte yok edelim. Şimdi rahatlaman için oturabilir ya da uzanabilirsin, nasıl istersen. Derin bir nefes al ve yavaşça ver. Öncelikle olduğun yerde güvende hisset. Zihnini rahatsız edecek hiçbir şey olmamasına dikkat et. Güvende hissettikçe yavaşça gözlerini kapatabilir bunu yaparken de derin bir nefes alabilirsin. Şimdi, şu an, sadece sen varsın. Geçmiş anılarında, gelecek ise daha gerçekleşmedi. Ait olduğumuz tek şey şu an, ne biz ana sahibiz ne de an bize.

Sen ve an bir araya gelince ortaya çıkan duygu özgürlük, tadını çıkar. Rahatlığını koru ve vücudunun ritmine kendini bırak. Aşk dünyanın her yerinde, evrenin yaratıcısı bu dünyaya seni âşık ol diye gönderdi. Çünkü insan âşık olduğunda bebekliğine döner. En muhteşem haline, en değerli haline ve en savunmasız haline... Dünya seninle konuşuyor gibidir bir bebek gibi. Oyuncaklar, ağaçlar, eşyalar hatta duvarlar sen âşıkken hepsi canlanıyor aynı bebekliğindeki gibi.

Şimdi derin bir nefes al, hatırlayabildiğin kadar en uzak geçmişe git, çocukluğuna, altı yaş, beş yaş gidebildiğin kadar git. Oradan bir anı seç kendine ve anneni görmeye çalış. Annenin gözlerine iyice bak, annen mutlu mu? Mutsuz mu? Sakin mi yoksa öfkeli mi? Sen çocukken annene her baktığında annenin gözlerinde kendini gördün. Bazen anneler yorgun olabilir, bazen kendilerini iyi hissetmiyor olabilirler ve o zaman sevgisi akmamış olabilir sana. Sen kendini değersiz ve savunmasız hissedebilirsin ama bu annenin duygusu, senin değil.

İlk aşk anneyle başlar. Çocukluğunda değerli olup olmadığını düşün. Çünkü annenden sağlıklı ayrılamazsan başkasıyla sağlıklı buluşamazsın. Bu engeli kaldıralım ve geçmişten özgürleşelim. Şimdi çocuk halini bir daha düşün. En mutlu, en sevecen, en sevilmeyi hak eden halini. O neşeye odaklan. Şimdi oradaki çocuğa şu telkinleri söyle:

• Çok büyüyeceksin ve büyüdüğün zaman âşık olacağın insanla tanışacaksın.

• Hem sevilecek hem seveceksin.

Bazı ilişkilerin zor, bazıları travmatik olabilir. Bazen kendini yalnız bazen de çok kalabalık hissedebilirsin. Zor bir aşka da düşebilirsin ama konu kime âşık olacağın değil, konu aşk. Âşık olacağın insanın kim olduğuyla değil yaşayacağın duygunun muhteşemliğiyle ilgileneceksin.

Şimdi derin bir nefes al ve o çocuğa çok güzel bir aşk yaşayacağını söyle. Anneden, babadan, tüm olanlardan bağımsız özgür bir aşk. Ona şunları fısılda hayalini kuracağın tüm duygular, senin onları deneyimlemen için bütün yaşında ve yaşlarında hazır olarak bekleyecek.

Sevmenin ve sevilmenin ne kadar muhteşem bir şey olduğunu, her yaşında hissedeceksin.

Sevilmeye değer birisin.

Bütün kalbinde aşkı kucaklamaya hazırsın.

İçinde sonsuz bir enerji var, kendini eşsiz ve mutlu hissediyorsun.

Sen mutlu ettikçe mutlu edileceksin, sakın kimseye küsme, ne yaşarsan yaşa genelleme.

Başına ne gelirse ya da gelmiş olursa olsun vazgeçme çünkü sen aşkın kendisisin.

Aşk sarmaşık olmak, dolanmak ve bir diğerinde kaybolmak demek. Şimdi evrenin yaratıcısına en muhteşem duanı et:

"Âşık olmak istiyorum. Sevmek ve sevilmek istiyorum. Bu muhteşem duyguya artık hazırım ve şunu kabul ediyorum: Ben aşkı aramadığımda aşk beni bulacak çünkü buluşmak için tek bir şart var: Aşkı kabul etmek."

"Kendimi ve aşkı kabul ediyorum çünkü ben bunu hak ediyorum."

Tekrar derin bir nefes al. Dünyanın bir yerinde, herhangi bir ülke ya da şehirde, bir mahalle, sokak ya da bir apartmanda, bir dairede şu an âşık olacağın kişi senin için hazırlanıyor. O da senin gibi farklı deneyimlerden geçiyor. Senin onunla karşılaşabilmen için onun da zamanla ve yolculukla deneyimlenmesi lazım. Unutma, aşkın zamanı yok ve sana doğru hazırlanan, âşık olacağın kişi, sen bu meditasyonu yaptığın anda seni hissetmeye başlayacak. Gözlerini açmadan önce ona sadece ruhundan tertemiz bir mesaj gönder: Seni bekliyorum. Şimdi gözlerini yavaşça açabilirsin.

Hayalimdeki İş

Bu meditasyonda imgeleme yöntemi ve çekim yasası kurallarını çalıştırmak için bazı teknikler kullanacağız. Zaten var olan işindeki iyi değişimler için bu canlandırma tekniklerini kullanarak –hiç şüphen olmasın– yeni fikirlere ve iş hayatına dair yepyeni bakış açılarına sahip olacaksın.

İmgeleme ve meditasyon tekniklerini birleştirerek hem gözle görülür bir özgüven yükselişi hem de daha temiz bir zihin elde etmiş olacaksın. Önümüzdeki dakikalar boyunca hayalindeki iş hakkında olumsuz tüm yargılarını ve onların yerine gelmesi gereken tüm olumlu bakış açılarını işleyeceğiz. Aklına gelen her engel ve yararsız düşünce kolayca zihninden geçip gidecek. Başlamadan önce rahat olabileceğin bir yere uzan veya otur. Odanın ısısı ve üzerindekiler seni rahat hissettirsin. Rahatsız edilmemek için telefonunu sessize al istersen. Bu meditasyonu işteyken, öğlen aralarında veya işe gitmeden önce gerçekleştirebilirsin.

Şimdi yavaş yavaş nefesine odaklan. Önce derin bir nefes al ve yavaşça ver. Her nefes alışında içine sonsuz yaratıcının enerji ışığını çekiyorsun. O her yerde ve içimizde. Her nefes alıp verişinde vücudunda biriktirdiğin gerginliğin yavaş yavaş yok olup gittiğini hisset. Sonsuz koruyucu enerji, istemediğin her şeyi senden uzaklaştırmak üzere artık içinde. Boynunun, omuzlarının ve belinin farkına var. Alnını ve yüz kaslarını yavaşça rahat bırak. Gevşemeye çalış, bütün vücudunun taşıdığı ağır yükü yavaş yavaş bırak. Sırtını, ayaklarını, parmaklarını hatta kirpiklerini bile yavaşça bırak ve rahatla. Omuzlarındaki tüm yüklerden bir bir kurtuluyorsun.

Sen hafiflerken içindeki sonsuz ışık, omuzlarında, sırtında ve göğsünde biriktirdiğin yükleri beraberinde alıp götürüyor. Geçmişte yaşanmış hiçbir şey artık seni ilgilendirmiyor, kendine onları bırakmak için izin ver. tüm anılarını cümle cümle düşün, fotoğraf fotoğraf düşün. Şimdi hepsini gönder. Göğsünün üzerinde nazik ve güzel bir heyecan hissediyorsun, bunu nasıl isimlendirmek istediğin sadece sana bağlı. O heyecana ne anlam yüklüyorsan senin istediğin şekilde muhteşem bir enerji ile güçleniyor. Seni, içinden dışına doğru sarıyor ve içindeki bütün iş yetiştirme stresini ve iş yorgunluğunu, ayak parmaklarından eriyerek atıyor. O seni sardıkça sen daha da rahatlıyorsun. Bu alanda her şey mümkün ve elde edilebilir halde. Kendine güvenin tam, sakinsin ve her türlü şeye hazırsın.

İş yerindeki üstlerinden bir şeyler öğrenmek için tüm fırsatları kullanıyorsun. Elinden gelenin en iyisini yapmaya hazırsın. Zamanını ve enerjini idare etme konusunda bir usta olmaya başladın. Seni kovalayan, sabote eden hiçbir düşünce ya da kaygı yok. Şu an yaratıcı düşünceler sana çok cömert davranıyor ve sen en iyilerini seçiyorsun.

İş yerinde yaptığın doğru seçimler sayesinde saygı görüyorsun. Herhangi bir problem yaşandığında, kriz yönetiminde ustalaşmaya başladın. Yapılan eleştiriler ya da seni rahatsız edici bakışlar hiçbir şekilde seninle ilgili değil. Artık olayları kişiselleştirmiyor ve akışına bırakıyorsun.

Sana mutluluk ve saygınlık getirecek şeyleri yapmakta çok iyisin. İçindeki doğuştan gelen liderlik ruhu, takımındaki tüm arkadaşların için en iyisini yapmak üzere elinden geleni yapıyor. Hayat sana ne verirse buna hazırsın. Bu ruh halindeyken, senin için ideal olan iş ortamını hayal et, Nasıl bir ortam? Kendini bu huzurlu ortamda hisset ve geçeceğin diğer ortamda da ödeyeceğin bedeller olduğunu unutma. Eskiden yaşadığın tüm deneyimlerin, tüm çatışmaların, tüm olumsuzlukların sana tek bir faydası oldu: Kendi gücünü keşfetmek. Var olan düzenin yavaş yavaş içine doğru en derinlerine, en yapılabilir haline yolculuk yapıyorsun şu an. Yeni arkadaşlar, farklı karakterler ve değişik bir altyapının tamamen merkezindesin. Etrafındaki insanları hayal et. Nasıl giyinmişler? Çalıştığın ortamı veya kendi ofisini hayal et. Peki, neler giyiyorsun? Bu ortama iyice alıştıktan sonra daha da derin gözlemler yapmaya başla. Tam olarak neredesin? Etrafındaki insanlar neler yapıyor? Yoksa tek başına kendi ofisinde misin? Ofisin nasıl, büyük mü? Masan veya bilgisayarın var mı? Pencereden baktığında ne görüyorsun? Sen bu ofiste neler yapıyorsun? Nasıl bir işin var? Kendini oraya ait hissediyor musun? Yavaş yavaş ofise girebilirsin. İş senin için ne demek, onu düşün? Bütüne baktığında kendini bu işin neresinde görüyorsun? O kurumun, o markanın, o şirketin bir parçası mısın? Molalarında neler yapıyorsun? Uzun bir iş gününden sonra kendini nasıl rahatlatıyorsun? Hangi konuda başarılısın?

Bu hisleri, ortamları ve deneyimleri iş ortamına getirmenin yollarını hayal et. Hayatta en özgüvenli olduğun, en cesur olduğun, benlik saygının en gelişmiş ve kendini güçlü hissettiğin anları hayal et ve oradaki seni alıp ofisin içindeki sene dönüştür.

Artık aynı potansiyel, aynı güç. Yapacağın bu yeni işte adımların küçük olabilir. Her bir küçük adım seni bu enerjiye daha da yaklaştıracak çünkü hayatta ne faydalıysa küçük küçük ilerler. Şimdi bedeninin daha da rahatladığını ve sana sonsuz fırsatlar veren ışığın içinde seninle olduğunu hisset. Ve yavaşça gözlerini aç.

Hayalimdeki Ev

İmgeleme, çekim yasasının bize cömertçe sunduğu tatlı bir yolculuk. Bu meditasyonda imgeleme yöntemi ve çekim yasası kurallarını çalıştırmak için birlikte hayalindeki evi yaratacağız. Şimdi derin bir nefes alıp gözlerini kapatmanı istiyorum. Aldığın nefesi yavaşça ver. Ayakların ve bacakların rahat bir konumda olsun. Nefesine odaklan, rahatlıyorsun. Bir kez daha derin bir nefes al ve yavaşça ver. Burun deliklerinden geçen havayı hisset. Her aldığın nefeste tüm sıkıntılarını ve düşüncelerini düşün ve nefesi verirken hepsini gönder.

Şu an güvendesin. Düşüncelerinle şekillendireceğin her şey senin istediğin gibi ve seni memnun etmek üzere var. Düşüncelerimizle enerjiyi şekillendiriyoruz. Yaratıcı ışık artık senin içinde ve bu güç istediğin her şeyi gerçekleştirecek. Biraz daha rahatlamanı istiyorum, içindeki enerjiyi hisset. Her yönden kendini tam hissediyorsun. İstediğin her şey fazlasıyla senin. Hayallerine sahip olmak istemende yanlış bir şey yok.

Şimdi içindeki enerji bembeyaz bir ışığa dönüşüyor. Sen bu ışık koridorunda ilerliyorsun. Her yer bembeyaz ve bu ışıklı koridorun sonunda bir kapı var. Bu kapı, senin hayallerindeki eve açılıyor. Sana verilen yaratıcı enerjiyi istediğin gibi kontrol edebiliyorsun. Kapıya vardığında ona dokun. Kocaman bir kapının önündesin, nasıl bir kapı bu? Ahşap veya sıcak renklerde mi? Yoksa güçlü ve yıkılmaz bir demirden mi? Her şey senin dileklerine göre şekilleniyor ve yaratıcı enerjinin her bir hücresini parmak uçlarında hissederek kapıyı yavaşça açıyorsun.

Sahip olduğun yaratıcı enerjiyle gördüğün her şeyi şekillendirebilir, değiştirebilir ve seni nasıl memnun ediyorsa öyle yapabilirsin. Kapı nasıl bir odaya açılıyor? Ayakların çıplak mı? Zemini hissedebiliyor musun? Yavaşça ilerliyorsun. Gördüğün her mobilya, sanat eseri. Eşyalar ve fotoğraflar tam istediğin gibi ve senin varlığınla anlamlanıyor. Eşyalara ve mobilyalara dokun, onları hisset. Gördüğün her şey sana ait. Nasıl bir ortamdasın? Evinde gezinirken gördüğün her bir köşe seni daha da mutlu ediyor. Böyle bir yerde yaşadığın için şükrediyorsun. Bu ev uzun zamandır senin, en güzel anıların burada. En çok nerede rahat ediyorsun? Önce mutfağa girmeye ne dersin? Her şey tam istediğin gibi. Bu güzel koku nereden geliyor? Mutfak tezgâhına dokun. Mutfağındaki dolapları ve buzdolabını açıyorsun. Buzdolabının içinde istediğin her şey mevcut. Bu bereketli mutfakta kendini her zaman sağlıklı ve mutlu hissediyorsun.

Şimdi yatak odasına gidiyorsun. Burada geçirdiğin her an seni daha da güçlü ve huzurlu hissettiriyor. Yatak odanda neler var? Eşyalarının hepsi seni yansıtıyor ve orada olmaktan huzur ve güven duyuyorsun. Sana ait olan ve güzel anılarınla dolu bu evde vakit geçirirken partnerin içeri giriyor. Samimi, sıcak ve aşk dolu bir ilişkiniz var. Kendini bu evde ve onunla olmaktan dolayı mutlu, huzur dolu, güvende ve sevgi içinde hissediyorsun. Bu hisler her zaman senin içinde. Aranızda kusursuz bir uyum var, burası sizin eviniz. Evinde değiştirmek istediğin veya gezmek istediğin başka odalar varsa yaratıcı enerjinin sonsuz gücü ile diğer odaları gezebilirsin.

Unutma, istediğin her şeyi değiştirebilir ve sana en uygun olan şeyleri bu sonsuz enerjiyle şekillendirebilirsin. Hangi odadasın? Ne yapıyorsun? Bu huzurlu zamanı nasıl değerlendiriyorsun? Üzerinde neler var? Kendini nasıl hissediyorsun? Partnerin evde yaptığın bu uyum dolu değişiklikleri ve güzellikleri takdir ediyor. Senin ne kadar değerli bir insan olduğunu sana her daim gösteriyor. Hiçbir maddi sıkıntın yok, bereket dolu bir hayatın var. İstediğin her şeye sahip olabiliyorsun. Sen, sonsuz bereket enerjisini içinde barındırıyorsun. Şimdi yavaşça bulunduğun odanın penceresini açıyorsun ve derin bir nefes alıyorsun. Tertemiz bir hava... Doğa sesleri ve masmavi bir gökyüzü var, ferah bir hava sen camı açtığında içeriye yavaş yavaş giriyor. Sen, esintiyi teninde hissediyorsun. Aldığın her nefeste, hayal ettiğin her şeyi sana verdiği için evrenin yaratıcısına teşekkür edebilirsin.

Varlığın için şükrediyorsun. Hayalini kurduğun her şey gerçek ve var olan tüm güçler senin yanında. Dilediğin zaman huzur içinde gözlerini açabilirsin.

Para

İhtiyacın olan parayı ve başarıyı sana doğru getirecek büyük bir enerji çalışmasına, yani meditasyona hazır mısın?

Önce bir anlaşma yapalım, şu cümleyi kabul etmeni istiyorum: İstediğin her şey aslında seni istiyor çünkü istemek hayal etmek demek, hayal etmek dua etmek demek ve ruhuna o istek düştüyse olacağı içindir.

Şimdi derin bir nefes alıp yavaşça uzanmanı veya oturmanı istiyorum. Hafifçe vücudunu uzandığın ya da oturduğun yere bırak. Her anını yavaşlat, hayatta olmadığın kadar yavaşla ve gözlerini kapat.

Güvendesin, hiçbir tehdit yok. Rahatla, saçlarını hisset, ellerini, kollarını, karnını, bacaklarını ve ayak parmaklarını. İçinde dolaşan nefesini ve görkemli enerjini hisset. Vücudundaki tüm hücrelerin hafifliyor. Zengin olmanı, para kazanmanı ve başarılı olmanı engelleyen tüm olumsuz düşünceler uzaklaşıyor ve sen muhteşem bir enerjiye dönüşüyorsun.

Bedenin ayrı, enerjin ayrı. Derin bir nefes al. İçindeki enerjinin bedeninde dolaştığını hisset, her saniye daha da rahatlıyorsun. Şimdi tekrar derin bir nefes al, burnundan soluk boruna. Bütün vücuduna yayılan o nefesi hisset ve yavaşça vücudunu temizleyen bu nefesi ağız yoluyla tekrar dışarı ver.

 Ve nefesin geçtiği gibi, vücudunda birikmiş ve seni başarısız yapan, para kaygısı getiren tüm enerjiler onunla birlikte çıkıp gidiyor. Sen engelleyici tüm olumsuzluklardan uzaklaşıyorsun çünkü şu yaşına kadar tüm olumsuzluklar bir düşünceydi.

Deneyimlerinden, ailenden, çevrenden, haberlerden, telefondan duyduğun tüm başarısızlıklar bir düşünceydi. Sana ait değillerdi ve hepsi gitti. Şimdi kendini büyük bir enerjinin içinde süzülürken hayal et. Bu muazzam enerji bütün vücudunu sarıyor ve sen havada süzülüyorsun, güvendesin. Belki bu zamana kadar istediğin parayı kazanamadın ya da kariyerin istediğin gibi ilerlemedi. Bunların sebebi senin engelleyici düşüncelerindi. Sana bunu söyleyen, duyuran herkesten uzaklaşıyorsun. Çünkü o başarısızlıklar, onların korkuları, onların endişeleri ve onların yargıları. Bu ayrışmadan sonra kendin olarak yavaş yavaş havada süzülüyorsun.

Zengin olduğun ve başarılı olduğun bir dünyaya girdin. Burası sana ait ve evrenden, evrenin yaratıcısından ne istiyorsan hayal et. Bedelini ödediğin, mücadelesini verdiğin hak ettiğin para istediğin gibi dünyada ve bu parayla nasıl bir eve sahipsin? Düşün. Peki, nasıl bir araban var? Kıyafetlerini görmeni istiyorum. Paranı görmeni ve güvenli bir yerde bekletmeni istiyorum. Evin neresindesin, ne yapıyorsun? Kendini sahip olmak istediğin parayı çok istediğin bir şeye harcarken hayal et. Ne alıyorsun? Hangi ihtiyacını karşılıyorsun? Peki, sevdiklerin için neler yapıyorsun? Çünkü sen onlara da yardım edecek kadar yüce gönüllüsün. İstediğin kadar servete sahipsin. Yardıma ihtiyacı olan insanlara yardım ediyorsun. Çünkü verdikçe daha çok kazanıyorsun.

Şimdi tüm sahip olduklarının önünde durmanı istiyorum. Hepsi senin, yaşadığın sürece hepsi sana emanet edildi. Nerede harcayacağını, kimlere yardım edeceğini, nasıl yatırımlar yapacağını, hayallerine nasıl ulaşacağını sen biliyorsun. O kadar bereketli bir enerjin var ki... Tüm bunların tek sebebi, evrenin yaratıcısına sana verdiği her şey için şükretmen. Teşekkür ve şükür arttıkça paran da artıyor.

Şimdi senden sahip olduğun bu servete bakarak şu sözleri tekrarlamanı istiyorum:

- "Asıl zenginlik benim ve hayal ettiğim her şey ulaşabileceğim kadar yakın."

- "Geçmişimdeki bütün olumsuz para deneyimlerini

bırakıyorum ve hayalimdeki her şey için teşekkür ediyorum."

- "Bolluk ve bereket içindeyim."
- "İstediğim her şey evrenin yaratıcısı tarafından bana emanet edildi."
- "Ben eksik değilim, tamamım ve sahip olduğum her şeye şükrediyorum."

Şimdi bu sonsuz imkânların tadını çıkarmak için kendini biraz zamana bırakıp dilediğin zaman gözlerini açabilirsin. Başlangıç ve bitiş kararı sana ait.

Rüya

Rüya meditasyonuna hoş geldin. Aslında kendi dünyana hoş geldin. Çünkü göreceğin tüm rüyalar sensin. Öncelikle rahat yatağında gerçekten rahat olduğunu hisset. Yastığın, döşeğin, yorganın ve sen uyum içindesiniz. En güvendiğin andasın çünkü uyku seni dinlendiren, güçlendiren, bazı şeyleri unutturan ve mola verdiren bir hal. Stresin azaldıkça, gerginliğin bittikçe, endişelerin tamamen yok oldukça rüyaların bereketlenecek. Şimdi derin bir nefes al ve yavaşça ver; nefes al, ver.

İlk olarak, rüyalarına giriş için izin ver. Tekrar derin bir nefes al ve nefesini verirken gözlerini kapat. Önce yoğun bir karanlık, hafif ışık geçişleri, belki biraz karıncalanma ve yavaşça karanlık. Dikkatin arttıkça kendi cennetine doğru yolculuğa çıkıyorsun. Akarsu, göl, okyanus, orman, kuşlar, balıklar ve cennet... Arada bir dikkatini dağıtacak şeyler oluyor, gözkapaklarına odaklanıyorsun.

Gözlerini kapalı tuttukça, bütün dikkatin zihninde toplanıyor. Vücudunda hissettiğin, ruhunda hissettiğin tüm acılar yavaşça iyileşiyor. Kaygılardan uzak, kimliğinden uzak, cinsiyetinden uzak, adından, soyadından uzak muhteşem bir enerjiye dönüşüyorsun. Bu enerji evren ve evrenin yaratıcısıyla buluşuyor, aranızda hiçbir engel yok.

İnançların, ideolojilerin, bakış açın, hepsi yok oldu. Sen, muhteşem bir enerjisin ve kendi dünyana doğru yolculuktasın. Gözlerin kapalı, gönül gözün açık ve cennette olmak istediğin yerdesin. Yavaşça suya doğru yaklaş ve dur. Uzaktan bir tekne geliyor, içinde kimse yok. Sana doğru yaklaşıyor, yaklaştıkça teknenin ucunda bir sandık olduğunu görüyorsun. Tekne şimdi önüne geldi. Ayaklarını suya değdirip teknenin ucundaki sandığı alıyorsun.

Şimdi yavaşça kumsala geçip otur, sandığını dizlerinin arasına koy. Bu senin rüya sandığın ve yavaşça o sandığı aç. Sandığın içinden muhteşem bir ışık çıkıyor. Işığın kendisi hazine ve söyleyeceğin her şeyi içinde saklayıp uyuduktan sonra rüyalarına getirecek.

Şimdi hazırsan derin bir nefes al, ver. Rüya sandığına görmek istediğin şeyleri söyle. Şimdi yeni telkinleri birlikte söyleyelim. Sandık istediğin her şeyi alıp saklayıp rüyanda sana getirecek kadar güçlü. O zaman benimle birlikte tekrar et:

- "Kendimi görmek istiyorum."

- "Muhteşem yaratılmış, cesaretle donatılmış, seven, sevilen, rengârenk, mutlu, ait, yardımsever, neşeli kendimi görmek istiyorum."

- "Sevdiklerimi görmek istiyorum."

- "Seveceklerimi, yaşayacağım aşkı, aşkları ya da mutlulukları görmek istiyorum."

- "Kendimi dışarıdan görmek istiyorum."

- "Edeceğim dansları, söyleyeceğim şarkıları, okuyacağım kitapları görmek istiyorum."

- "Kendimi derinden görmek istiyorum."

- "Ailemi, kardeşlerimi, dostlarımı. Kendimi yukardan görmek istiyorum."

- "Evreni, evrenin yaratıcısının enerjisini ve hepsini sağlayan o muhteşem beni görmek istiyorum."

- "Beni yaratanı, benim olanları, vücudumu, duygularımı, organlarımı, doğayı, dünyayı ve evreni, gökyüzünü görmek istiyorum."

Şimdi sandığı kapat. Yavaşça sağ kolunun altına yerleştir ve tekneye doğru git. İki elinle teknenin ucuna sandığı tekrar koy. Tekne senden uzaklaşıyor, uzaklaşıyor, uzaklaşıyor ve artık görünmüyor. Tekne şu an tamamen bilinçaltında ve sen uykuya daldıktan sonra sandığın rüyalarında açılacak. Şimdi derin bir nefes al ve bulunduğun odaya, yatağına, varlığını hissettiğin duruma gel. Yastığın, yorganın ve yatağın. Tekrar derin bir nefes al. Gözlerin ağırlaştıkça uykuya dalabilirsin. İyi geceler...